Arno Surminski

# Damals in Poggenwalde

Mit Zeichnungen von Arnhild Johne

Deutscher
Taschenbuch
Verlag

dtv

Ungekürzte Ausgabe
August 1987
Deutscher Taschenbuch Verlag GmbH & Co. KG, München

ISBN 3-7891-1541-X
Umschlaggestaltung: Celestino Piatti
Umschlagbild: Arnhild Johne
Gesetzt aus der Aldus 10/12·
Gesamtherstellung: Ebner Ulm
Printed in Germany · ISBN 3-423-70114-5

Meiner Tochter Swenja erzählt
und für sie aufgeschrieben

# Inhalt

Der Tatarenhof war ein richtiger Bauernhof mit braunen Pferden und einem Kuhstall, in dem es nach warmer Milch roch und in dem zur Sommerzeit junge Schwalben aus den Nestern schauten, die unter den Balken klebten. Eine Scheune gehörte dazu, im Winter vollgestopft mit Stroh, im Sommer so leer, daß hundert Mäuse darin Hochzeit feiern konnten. Das jedenfalls sagte Knecht Alex immer, wenn er die leere Scheune sah.

Der Apfelgarten des Tatarenhofes war fünfmal größer als der Schulhof im Dorf, vielleicht auch sechsmal. Dort gab es nicht nur Äpfel, sondern auch Kirschen und Pflaumen, und mittendrin stand ein sonderbarer Baum, der im Sommer und Winter Blätter trug. Alex erzählte, vor vielen Jahren habe jemand diesen Baum aus dem heißen Afrika mitgebracht. Im ersten kalten Winter auf dem Tatarenhof habe der Baum einen solchen Schrecken bekommen, daß er nicht mehr blühen und Früchte tragen konnte. Nun stehe er einfach so herum, der Afrikabaum.

Gleich vorn im Apfelgarten stand das Bauernhaus mit kleinen weißen Fenstern und einem mächtigen Schornstein, aus dem Tag und Nacht, im Sommer und Winter Rauch in den Himmel stieg. Hinter der Scheune gab es noch ein zweites Wohnhaus, das viel kleiner war als das Bauernhaus. Niemand wohnte darin, selbst die Mäuse waren ausgezogen, und Spinnweben und Staub bedeckten die Fensterscheiben.

Der Tatarenhof lag in dem Dorf Poggenwalde, aber nein, das ist nicht ganz richtig. Er lag nicht in dem Dorf, sondern ein ziemliches Stück außerhalb, umgeben von Feldern und sumpfigen Wiesen. Wer vom Dorf aus den Tatarenhof sehen wollte, mußte auf einen Baum klettern oder auf das

Dach eines Hauses. Und wer vom Tatarenhof das Dorf sehen wollte, mußte das natürlich auch tun. Um den Tatarenhof zu erreichen, war ein tüchtiger Fußmarsch zurückzulegen. Es ging einen Feldweg entlang, an dem links und rechts morsche Weidenbäume standen. Erst nach der letzten Biegung des Weges konnte man das Storchennest auf dem Stalldach des Tatarenhofes sehen, dann die roten Dachziegel, schließlich die weißen Fenster. Doch bevor ein Fußgänger den Hof erreichte, mußte er erst am Tatarensumpf vorbei. Es gab dort mehr trübes Wasser als feste Erde. Rund um den Sumpf stand ein kleines Wäldchen, in dem Erlenbäume und Moosgras wuchsen. Wir Kinder durften dem Sumpf nicht zu nahe kommen, weil man leicht darin versinken konnte und in einem Tatarensumpf ganz besonders. Denn unsere Magd Lisa sagte immer: Im Tatarensumpf spukt es.

In Poggenwalde sagten die Leute, es sei furchtbar, bei Dunkelheit zum Tatarenhof zu wandern. Da bekämen die Weiden Menschengesichter, und im Tatarensumpf gluk-kere und bibbere das Wasser. Das Moosgras raschele so unheimlich, daß es das beste sei, zu Haus im Bett zu bleiben und die Bettdecke fest über die Ohren zu ziehen.

Auf diesem entlegenen Hof war ich vor vielen, vielen Jahren, als ich noch ein kleines Mädchen war, zu Hause. Zu der Zeit gab es in Poggenwalde weder elektrisches Licht noch fließendes Wasser. Wir zündeten abends unsere Petroleumlampe an und holten unser Wasser von der Pumpe im Hof. Mein Vater war Bauer, der Bauer Rogall, so nannten ihn die Poggenwalder. Meine Mutter hieß Frieda und war die Bäuerin. Und dann hatten wir noch die Magd Lisa und den Knecht Alex, die ich beide sehr gern hatte, wenn sie mich auch oft ärgerten und mir manchen Schabernack spielten.

Außerdem gehörten zum Tatarenhof natürlich Hühner

und Gänse, Kühe und Schweine und mindestens zweiundzwanzig Ferkel und ein Hofhund, der hieß Pluto. Dann gab es noch eine Katze, die ausgerechnet an dem Tag vier Junge bekam, als ich zehn Jahre alt wurde.

## Mit dem Pferd in die Schule

Ich saß in der Küche und löffelte mein Lieblingsgeburtstagsfrühstück, nämlich Reisbrei mit Himbeersaft. Da kam plötzlich unser Knecht Alex herein, blieb an der Tür stehen und drehte verlegen seine Mütze.

»Etwas Schlimmes ist geschehen, Maria«, sagte er. »Ich wollte dir eine Flöte aus Weidenholz schnitzen, aber ich hab es vergessen. Nun habe ich kein Geburtstagsgeschenk für dich. Wie wäre es, wenn ich dich heute in die Schule bringe?«

Alex zeigte aus dem Fenster. Auf dem Hof standen unsere braunen Pferde Adebar und Rumpelstilzchen. Sie trugen nicht das schwere Ackergeschirr für die Frühjahrsarbeit wie sonst in dieser Zeit, Alex hatte sie gestriegelt und gesattelt. Sie sahen aus, als wollte er zur Pferdeschau in die Stadt reiten und dort den ersten Preis gewinnen.

»Du willst doch nicht mit dem Kind in die Schule reiten, Alex?!« rief meine Mutter entsetzt. Bestimmt hatte sie Angst, ich könnte runterfallen und mir ein Bein brechen. Denn als ich Kind war, ritten nur Jungs auf Pferden. Die Mädchen spielten mit Puppen oder lernten Häkeln und Strümpfestopfen, und später, wenn sie älter waren, halfen sie der Mutter in Küche und Garten.

Alex lachte.

»Rumpelstilzchen ist das friedlichste Pferd in Poggenwalde. Schließlich kommt es nicht alle Tage vor, daß ein Mädchen zehn Jahre alt wird. Da muß man schon etwas Besonderes machen, zum Beispiel auf dem Pferd in die Schule reiten. Ich halte das Geburtstagskind ordentlich fest, damit es nicht in den Graben fällt.«

Ein bißchen aufgeregt war ich schon, als Alex meine Schultasche an den Pferdesattel band. Dann packte er mich wie einen prall gefüllten Kornsack, und schon saß ich auf Rumpelstilzchens Rücken.

»Ho, ho!« rief Alex und »Sei nur ruhig!« und was man so sagt, wenn man einem Pferd gut zureden will.

Pluto bellte, denn sicher hatte er in seinem langen Hundeleben so etwas noch nicht gesehen, ein zehnjähriges Mädchen, das auf einem ausgewachsenen Ackergaul in die Schule ritt. Unsere Magd Lisa ließ vor Schreck den Eimer mit Hühnerfutter fallen, als sie mich auf dem Pferd sah.

Mein Vater tätschelte Rumpelstilzchens Hals. »Daß du mir die Maria heil in die Schule bringst!« sagte er zu dem Pferd.

So ritten wir vom Tatarenhof. Ängstlich schielte ich zu Alex hinüber, der neben mir auf Adebar ritt. Er saß steif im Sattel wie ein Soldat, aber was sage ich, wie ein General sah er aus, unser Alex.

»Eigentlich werden nur Prinzessinnen mit Pferden in die Schule gebracht«, meinte er, als wir Poggenwalde erreichten. »Aber wir auf dem Tatarenhof können das auch. Wenigstens einmal im Jahr, an deinem Geburtstag.«

Die Leute traten auf die Straße.

»Was ist denn auf dem Tatarenhof los?« riefen sie erstaunt. »Da reiten sogar kleine Kinder in die Schule, und das an einem ganz gewöhnlichen Mittwoch. Ist so etwas denn erlaubt?«

Meine Schulfreunde liefen hinterher, lachten und winkten.

»Soll das Pferd Lesen und Schreiben lernen?« fragte einer.

»Willst du etwa mit eurem Gaul in unser Klassenzimmer reiten?« wollte ein anderer wissen. Oh, es war eine gewaltige Aufregung in Poggenwalde, als Alex und ich zur Schule ritten. So als käme ein Zirkus ins Dorf oder die Feuerwehr oder ein Trupp Soldaten. Lehrer Dusek stand auf der Treppe des Schulhauses. Er nahm die Brille ab und putzte die Gläser, als er uns kommen sah, denn das hatte er noch nie gesehen, eine Schülerin hoch zu Roß auf dem Schulhof. Und Lehrer Dusek war immerhin schon zwanzig Jahre in Poggenwalde.

»Das kleine Fräulein vom Tatarenhof hat heute Geburtstag«, erklärte Alex und hob mich aus dem Sattel.

Die Kinder bildeten einen Halbkreis.

»Wir gratulieren!« riefen sie so laut, daß Adebar einen Schreck bekam. Er warf den Kopf zurück, keilte aus und galoppierte vom Schulhof auf die Pflasterstraße. Und Rumpelstilzchen, das friedlichste aller Pferde, trabte hinter ihm her.

»He! He!« schrie Alex. »Wollt ihr mal stehenbleiben!« Aber die Pferde dachten nicht daran. Schon waren sie auf dem Dorfanger und preschten durch die Pfützen, daß das Wasser hoch aufspritzte. Da fiel mir ein: Meine Schultasche hing noch an Rumpelstilzchens Sattel. Wenn die nun in den Schmutz fiel und die Blätter der Lesefibel durch die Gegend flatterten! Ich hatte Alex noch nie so laufen sehen wie an jenem Morgen. Er rannte hinter den Ausreißern her, verfolgte sie um den Dorfteich bis zu der Stelle, wo Schilf und Weidenbüsche zu einem undurchdringlichen Dickicht zusammengewachsen waren. Da standen sie, als wäre nichts gewesen, und ließen sich von Alex einfangen. Wir hörten Alex laut schimpfen, als er mit den Pferden zum Schulhof zurückkehrte.

»Da hast du deine Schultasche«, sagte er ärgerlich und warf sie vom Pferd herab in meine Arme.

Auf dem Schulhof aber lag zur Erinnerung an meinen zehnten Geburtstag ein großer Haufen Pferdeäpfel. Auch das hatte es, solange Lehrer Dusek denken konnte, noch nie auf seinem Schulhof gegeben.

## Der Riese Jonischkies

Als die Schule aus war, ging ich zu Fuß nach Hause. Den matschigen Feldweg entlang, vorbei an den morschen Weiden, die rechts und links standen. Kein anderes Kind hatte einen so weiten Schulweg wie ich. Und ich mußte ihn allein gehen, weil es außer mir keine Kinder auf dem Tatarenhof gab.

Ich wanderte ein wenig traurig heimwärts, denn mein Geburtstag war nun bald zu Ende. Na ja, die Mutter würde ein gutes Geburtstagsessen auf den Tisch stellen, vielleicht Mehlpfannkuchen und Blaubeersuppe. Aber weiter würde nichts geschehen. Keine Kinder kamen, um mit mir am Nachmittag zu feiern, in der Scheune Verstecken zu spielen oder Kriegen in unserem Garten. Dabei gab es genug Kinder in Poggenwalde. Aber die spielten lieber auf dem Dorfanger oder in den Weidenbüschen am Teich. Zum Tatarenhof kamen sie nur selten. Er war ihnen zu abgelegen. Im Winter versperrte hoher Schnee den Weg, im Herbst und Frühling gab es Matschlöcher, in denen die Stiefel steckenblieben, und im Sommer staubte es so schrecklich, daß jeder, der von einem Besuch auf dem Tatarenhof heimkehrte, sich gründlich die Ohren waschen mußte.

Vor einem Jahr hatte ich meinen neunten Geburtstag noch tüchtig gefeiert. Damals wohnte in dem kleinen Arbeiterhaus hinter unserer Scheune eine Landarbeiterfamilie mit drei Kindern. Alle drei hatte ich zu meinem Geburtstag eingeladen. Aber im Sommer war die Familie fortgezogen, weil der Mann Arbeit in einem anderen Dorf gefunden hatte. Seit der Zeit stand das kleine Haus leer, und ich hatte keine Spielgefährten mehr auf dem Tatarenhof.

Es gab tatsächlich Mehlpfannkuchen und Blaubeersuppe zum Mittagessen. Trotzdem war ich traurig. Lisa erzählte lustige Geschichten, um mich zum Lachen zu bringen, aber ich rührte nur still in meinem Teller herum.

Plötzlich schlug Pluto an. Er bellte lauter als sonst. Lisa lief zum Fenster, um nachzusehen, warum Pluto so aufgeregt war. »Da kommt ein Mann auf unseren Hof«, rief sie, »der sieht aus wie ein leibhaftiger Riese!«

Tatsächlich, so einen großen Mann hatte ich noch nie gesehen. Er war hoch wie ein Scheunentor und breit wie unser Rübenwagen. Sein Gesicht war von einem roten Backenbart eingerahmt, und auf dem Rücken trug er einen Rucksack. Ohne sich um den aufgeregten Pluto zu kümmern, kam er auf die Haustür zu. Schon klopfte es.

»Komm rein!« rief Vater.

Nun sahen wir den Riesen aus der Nähe. Er hatte ein gutmütiges Gesicht, lachte uns an, nahm die Mütze vom Kopf und sagte: »Ich wünsche eine gesegnete Mahlzeit.«

Er machte eine Pause, schloß die Tür hinter sich und fuhr fort: »Mein Name ist Jonischkies. Die Leute haben mir erzählt, daß auf dem Tatarenhof ein Landarbeiter gesucht wird.«

Mein Vater musterte den Riesen Jonischkies von oben bis unten.

»Das kann schon sein«, sagte er. Dann schickte er den Fremden in unsere gute Stube. Dort sollte er warten, bis wir gegessen hatten. Bevor Jonischkies die Stube betrat, säuberte er umständlich seine schmutzigen Stiefel. Er trug keine Strümpfe, sondern hatte braune Lappen um die Füße gewickelt, die von einer Sicherheitsnadel zusammengehalten wurden. Er war arm, das sah man. Aber er hatte Kraft, das sah man auch.

Ich aß schnell meinen Teller leer. Dann ging ich zu dem fremden Mann in die Stube. Er saß auf unserer Ofenbank, rauchte eine Pfeife und betrachtete die Bilder an den Wänden.

»Hast du Kinder?« fragte ich ihn.

»O ja«, lachte er. »Bald wird das halbe Dutzend voll sein. Fünf sind schon da, das sechste ist unterwegs. Wenn alles gutgeht, wird es im Sommer geboren.«

Er dachte ein bißchen nach, und dann nannte er mir die Namen der Kinder.

»Also, der Älteste heißt Peter, er ist gerade zehn geworden. Dann kommt die Anna, die wird Ostern sieben, der Gerhard ist fünf, der Rudi vier, und unsere Jüngste heißt Lisa, die kann gerade laufen und Mama rufen.«

»Wir haben auch eine Lisa, das ist unsere Magd«, sagte ich zu dem Riesen Jonischkies.

Da lachten wir beide, weil vielleicht bald zwei Lisas auf dem Tatarenhof lebten und es dann bestimmt komische Verwechslungen geben würde.

Ich flüsterte meinem Vater, als er in die Stube kam, schnell zu: »Du mußt den Riesen Jonischkies unbedingt nehmen. Er hat nämlich viele Kinder, und ein Junge ist genauso alt wie ich, mit dem kann ich spielen.«

Mein Vater schloß die Tür hinter sich, aber ich guckte durchs Schlüsselloch und sah, wie die beiden Männer verhandelten. Vater packte den großen Mann am Arm, als wollte er die Stärke seiner Muskeln prüfen. Er schien zufrieden zu sein, denn plötzlich gab er ihm die Hand. Das bedeutete: Herr Jonischkies war als Arbeiter auf dem Tatarenhof eingestellt.

Vater machte die Tür auf. »Gebt unserem neuen Arbeiter etwas zu essen!« rief er.

Lisa sprang gleich auf und holte Teller und Löffel, und ich sah zu, wie der Riese Jonischkies alles verspeiste, was von meinem Geburtstagsessen übriggeblieben war. Zu guter Letzt goß er noch einen Liter Buttermilch hinterher, dann war er satt.

Nach dem Essen ging mein Vater mit Herrn Jonischkies zu dem kleinen Haus. Meine größte Angst war, ihm könnte das Haus nicht gefallen, denn unbewohnte Häuser sehen immer so traurig aus. Vielleicht paßte der riesige Mann auch gar nicht durch die Haustür. Und die vielen Kinder! Gab es für sie überhaupt Platz genug in dem kleinen Haus? Ich schlich heimlich hinterher und sah, wie Herr Jonischkies die Fenster zählte. In der Haustür mußte er sich tatsächlich bücken, um nicht mit dem Kopf anzustoßen. Er warf einen Blick in den Stall, der zu dem kleinen Haus gehörte.

»Da kann ich ja sogar ein Schwein halten«, hörte ich ihn sagen. »Und für Hühner, Gänse und Karnickel wird es wohl auch reichen.«

Herr Jonischkies schritt den Garten ab, schien auszurechnen, wieviel Kartoffeln und Rüben man bei tüchtiger Gartenarbeit, guter Düngung und erträglichem Wetter ernten konnte.

Dann nickte er zufrieden. »Ja«, sagte er, »Garten und Haus gefallen mir gut. Nächsten Donnerstag kommen wir. Na, hoffentlich ist gutes Wetter für den Umzug.«

Er verabschiedete sich von meinem Vater, und Pluto bellte wieder wie verrückt, als Herr Jonischkies den Tatarenhof verließ.

Ich wartete auf meinen Vater. Er lächelte mir zu, legte mir die Hand auf die Schulter und sagte: »Du freust dich wohl am meisten, Maria, daß wieder Kinder auf den Tatarenhof kommen?«

»Ja«, sagte ich und dachte, daß das eigentlich das schönste Geburtstagsgeschenk war.

## Auf dem Umzugswagen

Am Donnerstagmorgen spannte Alex Adebar und Rumpelstilzchen vor den großen Leiterwagen. Meine Mutter packte ihm Speckbrote ein, denn Alex ging auf eine lange Reise.

»Kann ich nicht mitkommen?« fragte ich.

»Nein, nein, du mußt in die Schule«, sagte Alex. »Außerdem ist es zu weit bis zu dem Dorf, aus dem ich die Familie Jonischkies hole. Ich glaube, es liegt hinter Honolulu und dem Land, in dem der Pfeffer wächst. So weit dürfen zehnjährige Mädchen überhaupt nicht weg von zu Hause.«

Bis zur Schule in Poggenwalde durfte ich mitfahren. Unterwegs erzählte Alex von den vielen Umzugsreisen, die er schon gemacht hatte. Wer eine Arbeiterfamilie braucht, muß sie mit Pferd und Wagen abholen. Die Leute können schließlich nicht Tische und Stühle von einem Dorf ins andere tragen.

»Schade, daß die meisten nicht lange bei uns bleiben«, sagte Alex. »Die finden es zu einsam auf dem Tatarenhof.«

Während der Schulstunden dachte ich nur an die Familie Jonischkies. Hoffentlich regnet es nicht, damit die Möbel auf dem Umzugswagen nicht naß werden. Und hoffentlich sind die Kinder nett. Und hoffentlich ist es den Jonischkies nicht zu einsam bei uns.

Nach der Schule ging ich ihnen entgegen. Ich wanderte

die Chaussee entlang, bis ich in der Ferne das hochbeladene Fuhrwerk kommen sah, das unsere beiden Braunen zogen. Auf dem Bock saß Alex mit der Peitsche, neben ihm Herr Jonischkies, seine Pfeife im Mundwinkel. Als der Wagen näher kam, entdeckte ich zwischen den beiden Männern einen Jungen. Das mußte Peter sein! Ich staunte über die gewaltige Pelzmütze auf seinem Kopf, über die Ohrenklappen und die dicken Fausthandschuhe, in denen seine Hände steckten. Hinter Peter und den beiden Männern türmten sich die Möbel, ein Schrank, Betten, Tische und Stühle, deren Beine zwischen den Sprossen des Leiterwagens herausragten. An den Stuhlbeinen hatten die Jonischkies Körbe, Kochtöpfe, Blecheimer, Bratpfannen, sogar eine Badewanne befestigt. Die baumelten an der Seite des Fuhrwerks und schepperten und klapperten ganz schön.

»Pirr!« rief Alex.

Die Pferde hielten. Der Riese Jonischkies nahm die Pfeife aus dem Mund und beugte sich herab.

»Ist das nicht das kleine Mädchen vom Tatarenhof?« fragte er.

»Das ist unsere Maria!« rief Alex und lachte mich an. »Eigentlich sind wir schwer genug beladen, aber die Maria wiegt vor dem Frühstück nur siebeneinhalb Pfund und nach dem Frühstück achteinhalb Pfund, das werden die Braunen wohl noch schaffen.«

Alex griff nach meiner Hand und zog mich auf den Wagen. Als ich oben stand, fing es hinter den Möbeln an zu rumoren. Drei Kinder guckten mich mit großen Augen an. Sie hockten aneinandergekuschelt in den aufeinandergestapelten Federbetten wie in einem Nest. Neben ihnen saß Frau Jonischkies. Sie schaukelte mit den Füßen einen Kinderwagen. Der war mit Bindfaden an einer Sprosse festgebunden, damit er nicht herunterrollte. Frau Jonischkies' Füße schaukelten, und ihre Hände strickten, Wollstrümpfe nämlich für die vielen Kinder. Hinter dem Kinderwagen stand eine Hühnerkutz, das war ein mit Draht umzäuntes Holzgestell, in dem Jonischkies' Hühner auf die Reise gegangen waren. Ein weißer Hahn krähte gerade so laut, daß das Kleinste im Kinderwagen aufwachte. Es begann zu weinen. Frau Jonischkies legte das Strickzeug aus der Hand, nahm das Kind auf den Arm und beruhigte es.

»Das ist die Tochter unseres Bauern vom Tatarenhof!« rief Herr Jonischkies nach hinten. »Sie heißt Maria.«

Frau Jonischkies sah mich freundlich an und lächelte mir zu. Alex knallte mit der Peitsche. Der Wagen ruckte an. Herr Jonischkies steckte wieder die Pfeife in den Mund und paffte weiße Rauchwolken in den Himmel. Das kleine Kind hörte auf zu weinen. Frau Jonischkies legte es zurück in den Kinderwagen und strickte weiter an dem grauen Wollstrumpf, während der Umzugswagen über das Pflaster klapperte.

Ich saß zwischen Alex und dem fremden Jungen.

»Das ist unser Peter«, erklärte Herr Jonischkies. »Ihr beiden werdet ja nun zusammen in die Schule gehen.«

Ich wollte dem Jungen zur Begrüßung die Hand geben, aber der sah scheu zur Seite, tat so, als wäre ich Luft. Damals schämten sich die Jungen noch, neben einem Mädchen zu sitzen, sie spielten auch nicht mit Mädchen und gingen nicht gern mit einem Mädchen zur Schule aus Angst, von anderen Jungs ausgelacht zu werden.

Ich war schrecklich enttäuscht. Eine Woche lang hatte ich mich auf die Familie Jonischkies gefreut. Nun war sie da, aber Peter, mit dem ich spielen und zur Schule gehen wollte, guckte mich nicht einmal an.

Eigentlich hatte ich den Neuen unser Dorf zeigen wollen, den noch eisbedeckten Poggenwalder Teich mit Schilf und Weidengestrüpp, der so groß war, daß jeder vernünftige Mensch ihn eigentlich einen See genannt hätte, aber für die

Poggenwalder war er ein Teich. Den Anger für die Gänse und Enten, die Schule und die Dorfschmiede wollte ich ihnen zeigen. Aber ich brachte kein Wort heraus. Schweigend fuhren wir durch Poggenwalde. Es war sehr still auf dem Umzugswagen, nur die Blecheimer und Kochtöpfe schepperten.

Als wir an den letzten Häusern vorbeifuhren, stieß ich Peter einfach an.

»Kannst du Fische mit der bloßen Hand fangen?« fragte ich.

Da sah er mich zum erstenmal an. »Nicht nur Fische, auch Frösche«, antwortete er und lachte.

Und so begann unsere Freundschaft.

## Im kleinen Haus

Alex hielt vor dem kleinen Haus. Kaum standen die Räder still, geschah etwas Sonderbares. Herr Jonischkies sprang vom Wagen, hob seine Frau herunter und trug sie wie ein kleines Kind über die Schwelle.

»Nun sind wir hier zu Hause«, hörte ich ihn sagen.

Auch Peter und ich waren vom Wagen gesprungen. Dann hob Peter seine Geschwister herunter. Als ich ihm beim Kinderwagen helfen wollte, sagte er: »Du bist doch nur ein Mädchen.« Er sah mich an, als hätte ich zwei linke Hände und gerade so viel Kraft, einen Suppenlöffel zu halten. Zuerst war ich beleidigt, aber dann nahm ich einfach andere Sachen vom Wagen und brachte sie ins Haus. Frau Jonischkies freute sich.

»Du bist ein tüchtiges Mädchen, Maria«, lobte sie mich.

Peter öffnete den Hühnerverschlag. Ein Huhn nach dem anderen flatterte vom Wagen auf den Hof und fing gleich an, im Dreck zu scharren, wie die Hühner es gern tun. Eins hatte während der langen Fahrt sogar ein Ei gelegt. Das lag, ein bißchen dreckig, in der Hühnerkutz, und Peter wischte es an der Hose ab, bevor wir es seiner Mutter brachten.

»Ach, unsere lieben Hühner«, sagte Frau Jonischkies. »Sogar auf so einem Rumpelwagen legen sie!«

Alle packten jetzt mit an, auch die kleinen Jonischkieskinder. Sie brachten Körbe und Kochtöpfe ins Haus, während Herr Jonischkies die schweren Möbelstücke vom Wagen hob. Den großen Schrank trug er ganz allein hinein und auch die volle Kartoffelkiste. Er war wirklich stark, der Riese Jonischkies.

Inzwischen hatte Frau Jonischkies Feuer im Küchenherd angezündet. Aus dem Schornstein stieg weißer Rauch und zeigte an, daß das kleine Haus endlich wieder bewohnt war.

Peter sollte Wasser von der Pumpe im Garten holen. Aber sosehr er sich auch mühte und pumpte und pumpte, es kam kein Tropfen heraus.

»Soll ich dir helfen?« fragte ich.

Peter schüttelte den Kopf. »Kannst du doch nicht«, sagte er. »Du hast noch weniger Kraft als ich.«

»Mit Kraft kann man gar nichts machen«, antwortete ich. »Wenn nämlich eine Pumpe lange Zeit nicht benutzt worden ist, muß man erst Wasser reingießen, bevor Wasser rauskommt.«

Ich ging mit Peter in unseren Pferdestall, da holten wir einen Eimer Wasser und trugen ihn zu Jonischkies' Gartenpumpe. Peter goß das Wasser hinein. Dann pumpte er wieder. Das Pumpeneisen quietschte und kreischte. Erst kam braunes, schmutziges, abgestandenes Wasser, aber je länger Peter pumpte, desto klarer wurde es.

»Gut gemacht«, sagte hinter uns Peters Vater. Er wollte

uns helfen, aber als er sah, daß das nicht mehr nötig war, beugte er sich unters Pumpenrohr und ließ das Wasser einfach in seinen Mund laufen.

»Schmeckt so gut wie Gänsewein«, rief er lachend und wischte sich mit der Hand über den nassen Mund. Dann gingen wir zusammen ins Haus. In der Küche war es schon warm und gemütlich. Frau Jonischkies stand am Herd und kochte, das kleinste Kind hatte sie auf dem Arm. Mit der freien Hand rührte sie in einem Topf.

»Es gibt Milchsuppe«, sagte sie. »Nach so einem Umzug braucht man was Warmes im Bauch.«

Als die Suppe fertig war, setzten wir uns alle an den Küchentisch und aßen. Ich kriegte auch einen Teller voll, weil ich mitgeholfen hatte.

Und dann kamen meine Mutter und Lisa. Ganz feierlich sahen sie aus. Sie brachten Jonischkies zur Begrüßung ein Brot und ein Pfund Salz. Das war alter Brauch und bedeutete, daß man den neuen Bewohnern immer genug zu essen wünschte.

Frau Jonischkies bedankte sich, und ich sah, daß sie sich freute. Dann holte sie ein langes Küchenmesser, schlug damit ein Kreuz über dem Brot und schnitt uns jedem eine Scheibe ab.

## Der Eisschollentag

Am nächsten Tag wachte ich früher auf als sonst.

»Hat dich der furchtbare Lärm geweckt?« fragte Lisa, als ich in die Küche kam. »Hast du gehört, wie es heute nacht rumort und gekracht und geböllert hat? Der Dorfteich ist wieder geplatzt, jetzt ist er kaputt.« Sie lachte.

Jedes Jahr war das so. Wenn der Frühling kam, brach das Eis auf dem Teich, und das mit einem gehörigen Krach. Ob Peter auch davon wach geworden war?

Er wartete schon draußen auf mich. Wir beeilten uns, weil wir uns vor der Schule noch den geplatzten Teich ansehen wollten. Viele Kinder waren schon da. Drei Monate lang waren wir übers Eis zur Schule gegangen, Tag für Tag hatten wir auf dem Eis gespielt. Aber an diesem Morgen traute sich keiner mehr auf den Teich. Breite Risse liefen durch das Eis, und neben den Rissen stand das blanke Wasser. Er sah schon merkwürdig aus, der Poggenwalder Dorfteich.

Da gab mir Peter plötzlich seine Schultasche. Ehe ich mich versah, war er auf dem Eis, sprang zwischen Rissen und Wasserpfützen umher, winkte, sang und lachte.

Ich kriegte einen ziemlichen Schrecken.

»Du brichst ein!« rief ich. »Paß bloß auf!« Dabei dachte ich an die Geschichte, die Lisa mir erzählt hatte. Vor vielen Jahren war mal ein kleines Mädchen im Eis eingebrochen und ertrunken. Man hatte es erst im Frühling, als es taute, gefunden.

»Die Eisschicht ist noch dick wie eine Ziegelmauer!« schrie Peter.

Aber als es wieder krachte und im Teich neue Risse entstanden, ging er doch etwas vorsichtiger weiter. Zum Glück passierte ihm nichts, nur triefnasse Füße hatte er, als er in der Schule ankam.

Mit nassen Füßen begann also Peters erster Schultag in Poggenwalde. Im Klassenzimmer suchte er sich gleich einen Platz neben dem Kachelofen, damit er schneller trocken wurde. Doch als Lehrer Dusek hereinkam, mußte Peter aufstehen und nach vorn kommen. Ein Neuer wurde immer erst begrüßt und der Klasse vorgestellt. Peter ging also zum Lehrerpult, und die Kinder fingen an zu lachen. Überall, wo er hintrat, hinterließ er einen nassen Fleck auf dem Fußboden. Und aus dem nassen Fleck wurde eine richtige Wasserlache, als er vor Lehrer Dusek stand.

»Was bist du denn für ein Wassermann?« fragte der Lehrer streng und zeigte auf die immer größer werdende Pfütze. »Mit nassen Füßen kannst du keine vier Stunden in der Schule sitzen. Geh sofort nach Hause, du kriegst sonst eine dicke Erkältung!« Und er packte Peter am Kragen und brachte ihn zur Tür.

So endete Peters erster Schultag schon nach einer Viertelstunde. Wir wären gern mitgegangen, denn draußen hörte man den Teich rumoren. Manchmal klirrte es, als zerspränge Fensterglas, oder es gab einen dumpfen Knall, als hätte der Dorfschmied mit seinem Hammer auf den Amboß geschlagen.

Eigentlich hätte Peter auf dem schnellsten Wege nach Hause laufen und trockene Strümpfe anziehen müssen, aber als ich aus der Schule kam, war er immer noch auf dem Eis. Es war schon ein bißchen warm draußen. Die Eisschicht war noch brüchiger geworden.

Auf dem Wasser schwammen jetzt richtige Schollen wie Inseln aus Eis. Auf einer dieser Schollen stand Peter und tat so, als wäre er Kapitän eines Schiffes. Mit einer langen Stange stieß er sich ab und stakte langsam am Ufer entlang.

Als er mich sah, nahm er die Mütze ab und winkte.

»Ahoi!« rief er. »Willst du nicht mitfahren?«

Ich schüttelte den Kopf, denn Mutter hatte es mir verboten. Es war zu gefährlich. Aber ein paar andere Kinder wagten es trotzdem. Bald standen fünf, sechs Kinder auf den Eisschollen und ließen sich treiben. Sie machten richtige Wettfahrten, sie spielten Kriegen und sprangen von einer Scholle zur anderen.

Lange konnte das nicht gutgehen. Plötzlich sah ich, wie Peters Scholle krachend mit einer anderen zusammenstieß. Beide Schollen brachen auseinander. Der Rest, auf dem Peter stand, war nicht mehr groß genug, um ihn zu tragen. Peter versuchte, das Gleichgewicht zu halten, aber langsam, ganz langsam ging er mit seiner viel zu kleinen Eisscholle unter. Zum Glück war er ja nah am Ufer, wo es nicht so tief war. Er schlotterte vor Kälte, als er triefend ans Ufer watete.

Das Lachen war ihm vergangen, er sah ziemlich jämmerlich aus. Nur gut, daß es taute und nicht mehr ganz so kalt war, sonst wäre er wohl zu einem Eisklumpen gefroren. So schnell wir konnten, rannten wir querfeldein zum Tatarenhof.

Als ich Peter am Nachmittag besuchte, sah ich seine nassen Strümpfe und Unterhosen auf der Wäscheleine in Jonischkies' Garten flattern. Peter hockte im Schlafanzug neben dem warmen Küchenherd. Seine Mutter hatte ihm einen dicken Schal um den Hals gewickelt und Pfefferminztee gekocht, den er, so heiß er konnte, trinken mußte.

»Peter, Peter!« jammerte sie. »Du hättest ertrinken können! Gott sei Dank gibt es den Eisschollentag nur einmal im Jahr. Morgen ist es hoffentlich vorbei mit dem Eis.«

Frau Jonischkies hatte recht. Am nächsten Tag gab es nur noch ganz wenig Eis auf dem Dorfteich. Dafür waren die Schwäne zurückgekehrt. Wo gestern Peter mit der Eisscholle untergegangen war, schwammen jetzt die großen weißen Vögel.

Peter mußte noch lange an den Eisschollentag denken, denn er bekam wirklich einen scheußlichen Schnupfen. Ostern war seine Nase immer noch rot wie ein Osterei und seine Stimme so rauh, daß er das Osterlied in der Schule nicht mitsingen durfte. Er konnte nur brummen wie ein Bär.

## Wildgänse nach Osterland

Wenn der Frühling kam, gab es jeden Tag etwas Neues auf dem Tatarenhof zu sehen. Eines Morgens sagte Alex beim Frühstück: »Die Stare sind da. Sie sitzen in unserer Kastanie und zetern.«

»Die Vögel singen den Frühling herbei«, meinte Lisa.

Der letzte Schnee, der sich hinter Hecken und Wällen angesammelt hatte, taute. Und auch der Schneemann, den ich mit Alex zwischen Weihnachten und Neujahr vor die Gartenpforte gebaut hatte und der den ganzen Winter durch gehalten hatte, wurde von Tag zu Tag dünner. Erst verlor er die Nase, dann schrumpfte der Bauch, und schließlich sah der Kopf aus, als hätte Lisa ihn mit einem heißen Bügeleisen bearbeitet. Wo der Schneemann gestanden hatte, blühten die ersten Schneeglöckchen.

Der Weg ins Dorf war voller Pfützen und schlammig. Meine Eltern konnten deshalb am Sonntag nicht mit der Kutsche in die Kirche fahren. Auch in den Gräben stand das Wasser bis zum Rand. Wie in jedem Jahr um diese Zeit erzählte Lisa die traurige Geschichte von dem kleinen Jungen, der während der Schneeschmelze umgekommen war. Das hatte sich vor vielen Jahren zugetragen in dem Dorf, in dem Lisa geboren war. Der Junge hatte auf dem Weg gespielt, war in den Straßengraben gerutscht und im eisigen Schmelzwasser ertrunken. Die Männer des Dorfes hatten einen Tag lang mit Stangen den Graben abgesucht, bis sie das tote Kind gefunden hatten. Und Lisa schloß wie jedes Jahr: »Paß nur auf, Maria, daß du nicht auch in den Wassergraben fällst wie der kleine Junge!«

Lisa hatte große Angst vor Wassergräben und Teichen, vor Eis und Schnee, vor allem aber vor dem Tatarensumpf, der hinter unserem Hof begann und von dem Lisa so viele unheimliche Geschichten zu erzählen wußte.

An dem Sonntag, als meine Eltern wegen der Schneeschmelze nicht zur Kirche fuhren, war ich mit Peter auf dem Stallboden. Unter uns im Pferdestall hörten wir Alex, er übte Mundharmonikaspielen.

Der Stallboden hatte eine große Luke, durch die wir weit übers Land sehen konnten bis nach Poggenwalde und über den Tatarensumpf zum Waldrand.

»Im Tatarensumpf soll es spuken, sagt unsere Lisa.«

Peter lachte ungläubig. Da erzählte ich ihm, was ich von Lisa wußte. »Vor vielen hundert Jahren, als die Tataren durch unser Land zogen, soll ein fremder Krieger im Sumpf versunken sein. Mit Pferd und voller Rüstung. Der kann bis heute keine Ruhe finden, weil er kein richtiges Grab hat. Lisa hat ihn in hellen Vollmondnächten auf seinem struppigen Tatarenpferd über den Sumpf reiten sehen, genau in der Geisterstunde zwischen zwölf und eins. Manchmal hört Lisa in der Nacht den fremden Krieger sogar laut schreien. Aber sie kann ihn nicht verstehen, weil er eine fremde Sprache spricht, denn er kommt aus Asien, aus der Tatarei, einem sehr fernen Land. Lisa meint, wenn man ihn fände, den versunkenen Tataren, und ihn auf den Friedhof von Poggenwalde brächte, dann wäre der Spuk zu Ende.«

Peter lachte über Lisas Spukgeschichten, aber sie machten ihn auch neugierig. Zu diesem Tatarensumpf wollte er, den mußte er auskundschaften.

»Meine Mutter hat mir verboten, dahin zu gehen«, sagte ich.

»Ach, du bist ein Angsthase«, erwiderte Peter. »Bis zum Mittagessen sind wir doch wieder zurück. Und niemand erfährt, daß wir dagewesen sind.«

Ein bißchen unheimlich war mir schon, aber das mit dem Angsthasen wollte ich nicht auf mir sitzen lassen. Also schlich ich mich mit Peter vom Stallboden an Alex vorbei nach draußen. Dann liefen wir den Feldweg entlang zum Tatarensumpf.

Der Tatarensumpf war durch die Schneeschmelze noch sumpfiger als sonst. Schwarze Wasserlachen standen zu beiden Seiten des schmalen Fußsteiges. Hier wuchs eine verkrüppelte Birke, dort ein Erlenbusch, dazwischen waren trockene Gräser auf brauner Torferde. Vor Jahren hatte mein Vater einen Holzsteg durch den Tatarensumpf gebaut. Damals war er abends manchmal in den Sumpf gegangen, um Wildenten zu schießen. Aber als sein Jagdhund an Altersschwäche starb und er keinen neuen mehr wollte, gab mein Vater die Entenjagd auf. Danach wurde der Holzsteg kaum noch benutzt. Er war schon morsch und an einer Stelle sogar zusammengebrochen.

Als wir diese Stelle erreichten, konnten wir nicht weiter. Ich wäre am liebsten umgekehrt. Aber Peter wollte unbedingt weiter. Er holte sich also Knüppel und Reisig und packte sie auf den morastigen Untergrund, balancierte hinüber und kam so tatsächlich an die Stelle, von der aus der Holzsteg weiterführte.

»Komm rüber!« rief Peter. Er streckte die Hand aus, um mir zu helfen. »Du mußt springen! Wenn du springst, fang ich dich auf.«

Da machte ich die Augen zu und sprang. Peter griff meinen Arm, zog mich rüber. Das hatten wir geschafft. Wir wanderten weiter auf dem Holzsteg, bis wir in die Mitte des

Tatarensumpfes kamen. Da endete der Steg. Rundherum stand trübes Moorwasser, aus dem wir Blasen aufsteigen sahen. Zwei Wildenten flogen aufgeschreckt davon. Im Schilf entdeckten wir ein großes Nest aus Zweigen und Gräsern. »Das ist bestimmt ein Schwanennest«, meinte Peter. »Hast du schon mal in einem Schwanennest gesessen?«

Er wartete gar keine Antwort ab, sondern sprang gleich vom Steg ins Nest. Und ich hinterher. Rücken an Rücken saßen wir da und malten uns aus, wie es wäre, wenn in diesem Augenblick die Schwäne aus dem Süden zurückkehrten und uns hier fänden. Es war ganz still im Sumpf. Die Enten, die wir aufgeschreckt hatten, kamen zurück und schwammen neugierig um das Nest herum. Aber von einem Tatarenkrieger war weit und breit nichts zu sehen.

»Hier findet uns kein Mensch«, flüsterte Peter. Es klang so, als wäre es das Allerschönste, einen Flecken auf der Erde zu haben, wo man ganz allein sein konnte und von niemandem gefunden wurde.

Über uns flogen Wildgänse nach Norden.

»Mein Vater hat mir erzählt, daß die Wildgänse im Frühling nach Rußland oder Finnland ziehen«, sagte ich.

»Vielleicht auch nach Osterland«, meinte Peter.

»Osterland? Wo liegt denn Osterland?«

Peter zeigte in die Richtung, in der die Wildgänse verschwunden waren. »Hast du noch nie was von Osterland gehört? Das ist das Land, wo immer Ostern ist.«

Wir saßen ziemlich lange in dem Schwanennest und erzählten uns von Osterland und den Wildgänsen, als wir auf einmal Stimmen hörten, die der Wind vom Tatarenhof herübertrug.

Die Stimmen kamen immer näher. Wir konnten jetzt meinen Vater verstehen, der »Maria« rief, und erkannten Alex daran, daß er laut auf den Fingern pfiff. Und dann

sahen wir drei Männer, die durch den Sumpf wateten, vorneweg Peters Vater in langschäftigen Gummistiefeln.

»Da sind ja die Ausreißer!« rief er und zeigte auf uns. Schon kam er den Steg entlanggelaufen, beugte sich herab zu uns, packte erst mich, lud mich wie einen Kartoffelsack auf seine Schulter und trug mich zu meinem Vater. Danach war Peter an der Reihe. Aber mit ihm ging er nicht so sanft um. Er legte ihn übers Knie und schlug dreimal mit seiner Riesenhand zu: »So ein Lorbaß!« schimpfte er. »Ihr hättet im Sumpf untergehen können!«

Peter weinte, und ich weinte zur Gesellschaft mit.

»Gott sei Dank, daß nichts passiert ist«, sagte mein Vater ernst. Aber er schimpfte nicht.

Mit hängenden Köpfen zockelten wir nach Hause.

»Hast du den furchtbaren Tatarenkrieger nicht gesehen?« fragte Lisa mich beim Mittagessen.

Ich schüttelte traurig den Kopf.

»Aber ich hab ihn gesehen!« rief Alex lachend. »Er hatte einen Säbel, der war so lang wie dein Besenstiel, Lisa. Zwischen den Zähnen hatte er ein blutiges Messer. Feuer kam aus den Nüstern des Tatarenpferdes. Und weißt du, was er mir nachgerufen hat? Daß er nächste Woche, wenn Vollmond ist, nachts zum Tatarenhof kommen will, um eine gewisse Lisa zu holen. Daß er sie auf sein struppiges Pferd setzen und mit ihr in den Sumpf reiten will, das hat er mir gesagt. Und dabei leuchteten seine Augen wie glühende Kohlen.«

# Der Storch ist gekommen...

»Aufstehen, die Störche sind da!« rief meine Mutter eines Morgens. Ich guckte aus dem Fenster. Zwei Störche standen auf unserem Scheunendach. Die Storchenfrau säuberte schon das Nest von all dem Schmutz, der sich während der langen Wintermonate angesammelt hatte. Der Storchenmann auf dem Dachfirst hob und senkte den Schnabel und klapperte laut ein Begrüßungslied.

»Wenn man bedenkt, daß die beiden von Afrika bis hierher geflogen sind...«, meinte Lisa, »... die müssen ja schrecklich müde sein.«

Storchentag war der Tag im Frühlingsmonat März, an dem die Störche zu ihren Nestern heimkehrten. Das war ein Festtag in Poggenwalde. Als ich mit Peter zur Schule ging, sahen wir die Störche über Poggenwalde kreisen. Wir versuchten sie zu zählen, aber weil sie kreuz und quer flogen, kamen wir mit dem Zählen durcheinander, einmal waren es fünfundzwanzig und dann sogar siebenundzwanzig Störche.

Mit den anderen Kindern standen wir zusammen auf dem Schulhof und beobachteten sie. Die Kreise der großen Vögel wurden immer kleiner. Sie flogen tiefer. Bald konnten wir das Schwarzweiß ihres Gefieders und die roten Storchenbeine deutlich erkennen. Einer nach dem anderen landete, einige auf ihren alten Nestern, andere auf Scheunen- und Stalldächern. Weil mehr Storchenpaare gekommen waren, als es Nester in Poggenwalde gab, kam es zu richtigen Kämpfen. Zwei Paare stritten sich um ein Nest, schlugen mit den Flügeln um sich und hieben mit den langen Schnäbeln aufeinander ein. Das stärkere Storchenpaar blieb Sieger und ließ sich auf dem Nest nieder. Die Verlierer flogen weiter, suchten oder bauten sich ein neues Nest im nächsten Dorf. Dafür brauchten sie Zweige und Schilfrohr, das sie sich von den Teichen holten. Wer sich Störche auf seinem Haus wünschte, brauchte nur ein altes Wagenrad auf den Dachfirst zu legen. Das war für die Störche eine richtige Einladung, dort ihr Nest zu bauen.

Am Storchentag war es in der Schule anders als sonst. Dann nahmen wir unsere Bücher gar nicht erst mit ins Klassenzimmer, sondern hängten die Schultaschen im Flur am Kleiderhaken auf. Bevor Lehrer Dusek kam, malten wir die große Wandtafel voll mit Storchenbildern. Wir malten einen fliegenden Storch, einen Storch, der auf einem Bein steht, und einen Storch, der über eine Wiese stolziert und einen Frosch im Schnabel hat. Ich schrieb mit Kreide einen Vers dazu, der ging so: »Der Storch ist gekommen, hat die Bücher weggenommen.« Als dann Lehrer Dusek hereinkam, sprangen wir auf und schrien ihm den Vers entgegen.

Der Lehrer machte ein verdutztes Gesicht, tat so, als hätte er von der Heimkehr der Störche nichts bemerkt.

»So, so«, sagte er, »dann wollen wir mal nachsehen, ob die Störche wirklich gekommen sind.« Und er ging mit uns raus auf den Schulhof und guckte in die Runde.

»Ja, ihr habt recht«, sagte er. »Heute ist wirklich Storchentag.« Dann ließ er uns ein Storchenlied singen, und danach gab er schulfrei, weil die Störche ja die Bücher weggenommen hatten. Lärmend und singend zogen wir durch Poggenwalde, machten einen größeren Spektakel als die klappernden Störche.

Auf dem Tatarenhof wurden die Störche mit Gesang empfangen. Peters kleine Geschwister sangen:

»Storch, Storch, Guter, bring mir einen Bruder!
Storch, Storch, Bester, bring mir eine Schwester.«

Damals glaubten viele Kinder, daß die Störche die Babys zu den Menschen brachten. Und weil Peters Mutter im

Sommer ein Baby bekommen sollte, wurde es ja langsam Zeit, sich bei ihnen anzumelden.

Als wir beim Mittagessen saßen, fragte Lisa: »Sag mal, Maria, hast du den ersten Storch fliegen sehen, oder hat er auf einem Bein gestanden?«

»Heute früh, als ich aus dem Fenster guckte, standen unsere Störche alle auf dem Dach«, antwortete ich.

»Schade«, meinte Lisa. »Das bedeutet nämlich, daß du ein ganzes Jahr lang faul sein wirst.«

Natürlich hatte Lisa ihren ersten Storch fliegen sehen, sie würde also ein ganzes Jahr lang fleißig sein. Und darauf war sie mächtig stolz.

# Die Barfußkönigin

In den Sommermonaten brauchten wir Kinder weder Schuhe noch Strümpfe. Einige liefen barfuß, weil die Eltern arm waren und Schuhwerk und Strümpfe geschont werden mußten, andere ließen die Schuhe einfach im Schrank, weil das Barfußlaufen Spaß machte. Wenn einer von uns im Sommer mit Schuhen oder Sandalen rumlief, lachten ihn die anderen aus.

»Die hat krumme Füße«, hieß es dann.

Wir konnten es gar nicht erwarten, bis es mit dem Barfußlaufen losging.

Barfußkönig war der Junge, der als erster ohne Schuhe und Strümpfe in die Schule kam. Das erste Mädchen, das barfuß ging, war seine Barfußkönigin.

Am ersten warmen Tag im Frühling fragte Peter: »Möchtest du Barfußkönigin von Poggenwalde werden?«

»Ich möchte schon, aber Mutter hat mir verboten, barfuß zu laufen«, antwortete ich. »Die Erde ist noch zu kalt, da kannst du krank werden, hat sie gesagt.«

Auf dem Weg zur Schule blieb Peter neben der hohlen Weide stehen, die wohl hundert Jahre alt war und in der Mitte ein Loch hatte, eine richtige Höhle. Zwei Kinder konnten sich gut darin verstecken. Ohne etwas zu sagen, zog Peter Schuhe und Strümpfe aus, stopfte sie in den hohlen Baum und rannte barfuß weiter durch die Pfützen.

»Es ist gar nicht kalt!« schrie er. »Es ist überhaupt nicht kalt!« Und er tat mächtig stolz, weil er glaubte, Barfußkönig von Poggenwalde zu sein.

»Wenn du meine Königin sein willst, mußt du deine Schuhe und Strümpfe auch ausziehen und in der hohlen Weide verstecken.«

»Vom Barfußlaufen kriege ich aber so schmutzige Füße«, sagte ich.

»Schmutzig, schmutzig!« Peter lachte mich aus. »Die Erde ist doch nicht schmutzig! Mal ist sie grau, mal schwarz, naß oder sandig, aber nie schmutzig. So was sagen nur die Erwachsenen.«

Sollte vielleicht ein anderes Mädchen Peters Barfußkönigin werden? Das gefiel mir gar nicht. So zog ich denn, obwohl es die Mutter verboten hatte, Schuhe und Strümpfe aus und rannte hinter Peter her.

Die Poggenwalder Kinder staunten, als wir beide barfuß auf den Schulhof kamen. Wir waren die ersten, und es war noch nicht mal Mai. So früh im Jahr hatte es noch niemals einen Barfußkönig und eine Barfußkönigin gegeben.

Lehrer Dusek schüttelte den Kopf. »Eines Tages kommt ihr wohl schon Weihnachten barfuß in die Schule«, sagte er, »nur um Barfußkönig und -königin zu werden!«

Auf dem Heimweg holten wir Schuhe und Strümpfe aus der hohlen Weide, zogen sie rasch wieder an und marschierten auf den Tatarenhof, als sei nichts gewesen. Aber abends kam es doch heraus. Wie immer brachte mich Mutter ins Bett, und da sah sie meine dreckigen Füße.

»Du bist ja barfuß gelaufen!« rief sie entsetzt.

Ich mußte mit in die Küche kommen. Meine Mutter goß heißes Wasser in einen Holzbottich, ich stellte mich hinein, und sie schrubbte meine Füße mit einer harten Bürste, die sie ab und zu in Schmierseife tunkte. Das machte sie nicht gerade sanft, aber ich biß die Zähne zusammen und sagte keinen Mucks, denn schließlich war ich die Barfußkönigin von Poggenwalde. Es machte mir auch nichts aus, als Lisa in die Küche kam und schadenfroh sagte: »Ja, ja, wer nicht hören will, muß fühlen!«

## Katzen im Wasser

Jonischkies' Katze hatte Junge bekommen. Vier weiße Kätzchen lagen in dem Nest, das Peter eines Morgens im Holzschuppen gefunden hatte. Herr Jonischkies packte sie in seine Mütze und trug sie ins Haus. Er legte die Mütze mit den jungen Katzen auf den Küchentisch, und wir Kinder standen drum herum und bestaunten sie.

»Schade, daß wir sie nicht behalten können«, sagte Frau Jonischkies. »So viele Katzen für unser kleines Haus, das geht nicht. Wenn wir sie nur verschenken könnten!«

Ich rannte zu meiner Mutter und fragte, ob ich nicht die vier Katzen haben dürfte. Aber Mutter schüttelte den Kopf.

»Wir haben doch schon zwei, Maria. Die genügen zum Mäusefangen. Mehr können wir nicht gebrauchen. Und in Poggenwalde gibt es in jedem Haus mindestens eine Katze, es werden einfach zu viele geboren.«

Am Nachmittag kam Peter und tat sehr geheimnisvoll.

»Bist du mutig?« fragte er.

»Natürlich bin ich mutig«, antwortete ich.

»Versprichst du mir, nicht zu weinen?«

»Warum soll ich denn weinen?«

»Also gut«, sagte Peter, »dann zeig ich dir was.«

Wir gingen zu Jonischkies und versteckten uns im Stall. Nach einer Weile kam Herr Jonischkies mit einem leeren Sack, einem schmutzigen Kartoffelsack. Wir sahen, daß er die jungen weißen Katzen in den dreckigen Sack steckte, ihn oben zuband und über die Schulter warf. Dann ging er los in Richtung Tatarensumpf.

»Komm mit!« flüsterte Peter. Wir schlichen hinterher, versteckten uns hinter Bäumen und Büschen, so daß Herr Jonischkies uns nicht sehen konnte.

Am Rand des Tatarensumpfes blieb er stehen und legte

den Sack ins Gras. Dann suchte er einen großen Stein, schob auch den in den Sack und ließ ihn zweimal durch die Luft kreisen. Im hohen Bogen klatschte er dann ins schwarze Moorwasser. Das Gewicht des Steins zog den Sack in die Tiefe. Herr Jonischkies blieb stehen, bis er untergegangen war. Dann steckte er seine Pfeife an und machte sich auf den Heimweg.

»Du weinst ja doch«, sagte Peter zu mir. »So ist das nun mal, junge Katzen müssen ertränkt werden. Was soll man sonst mit den vielen Katzen machen?«

Peter war überhaupt nicht traurig, er schien es sogar gut zu finden, was sein Vater getan hatte. Ich sprang aus unserem Versteck und rannte hinter Herrn Jonischkies her. Als er mich laufen hörte, drehte er sich um und wartete auf mich. Ich packte seinen Arm ganz fest, wollte etwas Böses zu ihm sagen, aber ich brachte keinen Ton heraus.

Herr Jonischkies verstand mich wohl, denn er sah freundlich zu mir herunter. »Ich erzähl dir jetzt mal, warum die kleinen Katzen sterben mußten«, sagte er ruhig und legte seine Hand auf meinen Kopf. »In ein paar Monaten kriegt unsere Katze wieder Junge und dann wieder und wieder. Um die Weihnachtszeit hätten wir schon an die zwanzig Katzen in unserem kleinen Haus. Im nächsten Jahr bekommen die jungen Katzen auch Junge. Dann würden es bestimmt schon hundert sein. Und eines Tages gibt es tausend Katzen auf dem Tatarenhof. Stell dir das mal vor! In jeder Ecke sitzt eine Katze. Auf allen Fensterbänken Katzen. Überall miaut es. Man kann nachts nicht mehr schlafen vor lauter Katzengeschrei. Im Dunkeln kannst du nicht mehr über den Hof gehen, weil es von Katzen nur so wimmelt. Sie würden uns das Essen vom Tisch stehlen, Schwalbennester ausräubern, und Amseln und Rotkehlchen gibt es dann auch nicht mehr auf dem Tatarenhof, weil die Katzen die jungen Vögel fressen. Sogar die Störche würden den Tatarenhof verlassen, denn die Katzen klettern bis ins Storchennest und holen die jungen Störche. Glaub mir, Maria, es macht mir bestimmt keinen Spaß, junge Katzen zu ertränken, aber einer muß es doch tun.«

Auf dem Heimweg erzählte Herr Jonischkies die ganze Zeit von Katzen und anderen Tieren. Daß man sie leider töten muß, wenn sie sich zu stark vermehrten. »Wenn es zu viele Spatzen gibt, fressen sie den Hühnern das Futter weg. Krähen müssen geschossen werden, damit sie nicht über die Felder herfallen und die Saat aus der Erde picken. Manchmal binden wir eine tote Krähe an eine lange Stange und stellen sie als Vogelscheuche aufs Feld. Gegen Mäuse und Ratten legen wir in der Scheune oft Gift aus, das Getreide soll ja schließlich für die Menschen bleiben, damit sie genug zu essen haben.«

Ja, ja, ich verstand das alles sehr gut, aber traurig war ich trotzdem, einen ganzen Tag lang war ich traurig.

## Zwischen Himmel und Heuwagen

Während der Heuernte hatten unsere Störche eine gute Zeit. Drei kleine Störche reckten ihre Hälse über den Nestrand auf dem Scheunendach. Die Storcheneltern flogen unermüdlich zu den Wiesen, um Futter zu holen. Sie spazierten zwischen den Heuhaufen hin und her, die Alex und Herr Jonischkies aufgetürmt hatten, und hielten Ausschau nach Fröschen, Grashüpfern, Eidechsen und kleinen Schlangen. Wenn sie ein Tier erwischt hatten, trugen sie die Beute im Schnabel zum Nest und verteilten sie an die hungrigen Jungen.

Nicht nur die Störche hatten es gut, auch für Peter und mich war die Heuernte ein richtiges Fest. Nach der Schule fuhren wir mit dem Erntewagen auf die Wiese. Mein Vater, Alex und Herr Jonischkies stakten das Heu mit Forken auf den Leiterwagen. Lisa stand oben und legte die Heuhaufen so, daß möglichst viel auf die Fuhre ging. Peter saß auf Adebar, ich auf Rumpelstilzchen. Wenn die Männer einen Heuhaufen aufgeladen hatten, fuhren wir den Wagen weiter zum nächsten Heuhaufen. Bis die Fuhre voll war. Lieber Himmel, war das ein gewaltiges Fuder! So hoch wie Jonischkies' kleines Haus.

»Da kann einem ja schwindlig werden!« rief Lisa von oben zu uns herunter.

Hinter dem Heuwagen hing ein Baumstamm. Den nahm Herr Jonischkies auf die Schulter und schob ihn auf den Wagen. Die Männer banden ihn vorn und hinten mit Stricken fest. »Das muß sein«, erklärte Alex, »weil sonst das Heu in den Straßengraben rutscht.«

Er erzählte uns, daß einmal ein schlecht gelegtes Heufuder im Dorf umgekippt war. Und das ausgerechnet vor der Haustür des Bürgermeisters. Ein anderes Mal war das Heu in dem Augenblick vom Wagen gerutscht, als die Fuhre über die Schleusenbrücke am Teich fuhr. Das Heu war ins Wasser gefallen, und Enten und Gänse waren gekommen und hatten es sich auf den Heuinseln bequem gemacht.

»Wollt ihr mitfahren?« fragte Alex, der die Fuhre von der Wiese zum Tatarenhof bringen mußte.

Natürlich wollten wir mitfahren. Es gab nichts Schöneres, als mit einem Heuwagen übers Land zu schaukeln. Wir mußten allerdings auch allein hinaufklettern. Peter hangelte sich an den Stricken, die den Baumstamm hielten, nach oben. Als er es geschafft hatte, streckte er mir die Hand entgegen. Ich griff zu, und Peter zog mich hinauf. Da saßen wir im Heu wie die jungen Störche im Nest. Jetzt konnten

wir von oben in den Dorfteich gucken, sahen in der Ferne unseren Tatarenhof und den Waldrand und fühlten uns so groß, als säßen wir auf einer Kirchturmspitze. Alex knallte mit der Peitsche. Die Pferde zogen an. Die Fuhre schwankte und schaukelte von der Wiese auf die Dorfstraße.

»Haltet euch am Baumstamm fest!« schrie Alex uns zu.

Das war auch nötig, denn es ging durch Wasserkuhlen und über holpriges Kopfsteinpflaster. Manchmal neigte sich das Heufuder nach rechts, dann wieder nach links. Wir hingen über Gräben und fuhren unter tiefhängenden Ästen hindurch. Die Hunde aus Poggenwalde liefen hinter uns her und bellten. Wir machten den Kindern auf der Dorfstraße lange Nasen und guckten von oben durch die Fenster in die Suppentöpfe der Leute.

Spaß machte es auch, auf dem Rücken zu liegen und in den Himmel zu schauen. Auf dem Heuwagen waren wir dem Himmel ein ordentliches Stück näher. Wir sahen den weißen Wolken nach, die am Waldrand auftauchten und über Wiesen und Felder segelten. Ein Habicht kreiste über uns. Ein Krähenschwarm stieg auf und flog lärmend davon. Peter entdeckte einen Grashüpfer, der sich auf den Heuwagen verirrt hatte. Der hüpfte hin und her, und plötzlich sprang er über den Rand des Heuwagens in die Tiefe.

»Der hat sich bestimmt den Hals gebrochen«, sagte ich.

»Ach was«, antwortete Peter, »weißt du nicht, daß Grashüpfer die besten Springer der Welt sind? Die können vom Mond zur Erde springen, ohne sich irgendwas zu brechen.«

Auf einmal wurde es dunkel über uns. Der Heuwagen fuhr an einer Linde vorbei. Die tiefhängenden Äste streiften den Wagen. Peter und ich drückten unsere Köpfe ins Heu, damit uns die Zweige nicht ins Gesicht schlugen. Im Vorbeifahren riß Peter einen kleinen Ast ab. Der hing voller Lindenblüten und duftete nach frischem Bienenhonig.

Als der Heuwagen in unsere Scheune fuhr, schrie Alex: »Kopf einziehen!«

Wir hätten uns am Balken des Scheunentores ganz schön gestoßen, wenn wir uns nicht flach auf den Bauch gelegt hätten. Damit war unser Ausflug auf dem Heuwagen zu Ende.

»Absteigen!« rief Alex.

Das war leichter gesagt als getan. Als ich nach unten guckte, bekam ich Angst. Von so hoch oben sollten wir an der Seite runterrutschen!

»Wer hoch oben spazierenfährt, muß auch sehen, wie er wieder runterkommt«, sagte Alex und lachte uns aus, weil wir uns nicht trauten.

Peter sauste als erster in die Tiefe. Trockenes Heu wirbelte auf. Unten klatschte es, als er mit seinen nackten Füßen auf der Tenne landete.

»Ich bin gut angekommen!« schrie er. Dann packte er

einen Haufen Heu genau auf die Stelle, wo ich runterrutschen sollte.

»Jetzt du«, rief er mir zu. »Du fällst weich!«

Ich schloß die Augen, rutschte und fiel genau auf Peters Heuhaufen.

»Na, seht ihr«, sagte Alex. »Vom Heuwagen rutschen macht auch Spaß.«

## Pferde in der Schwemme

Wenn Adebar und Rumpelstilzchen einen ganzen Tag lang mit dem Heuwagen hin und her gefahren waren, hatten sie abends ein erfrischendes Bad in der Schwemme verdient. Die Schwemme war eine flache Stelle im Poggenwalder Dorfteich, an der die Fuhrleute ihre Pferde tränkten, wo auch Viehherden hindurchgetrieben und Hunde gebadet wurden. Wenn wir Poggenwalder Kinder schmutzige Füße hatten, weil wir in Kuhdreck getreten oder im Morast steckengeblieben waren, liefen wir zur Schwemme, um den gröbsten Dreck abzuwaschen.

Einmal durften Peter und ich in der Abenddämmerung mit Adebar und Rumpelstilzchen zur Schwemme reiten. Wir konnten kaum den Feierabend erwarten.

»Aber reitet ja langsam!« schrie Alex uns nach, als wir den Tatarenhof verließen. »Die Pferde sind müde von der schweren Arbeit.«

Wir wollten auch langsam reiten, aber Adebar und Rumpelstilzchen spürten wohl, daß es zum Wasser ging. Jedenfalls wurden sie immer schneller, und kurz vor dem Teich fielen sie von selbst in Trab, ohne daß wir sie angetrieben hatten.

Wir ritten ins Wasser. Als es ihnen bis zum Bauch stand, blieben sie stehen. Auch unsere Füße hingen im Wasser, und mit den Händen schöpften wir und spritzten die verstaubten Pferderücken naß. Während Rumpelstilzchen trank, wusch ich die Mähne.

Plötzlich klatschte es hinter mir. Ich drehte mich um und sah gerade noch, wie Adebar sich zur Seite legte, sich einfach ins Wasser fallen ließ. Peter flog in hohem Bogen herunter. Tauchte unter. Weg war er.

Anfangs lachte ich, weil es so komisch aussah, wie Adebar sich im Wasser wälzte und die Beine hochstreckte. Aber dann kriegte ich doch Angst, weil Peter nicht wieder hochkam. Was war mit Peter los?

Es blubberte und gluckerte, und dann endlich sah ich einen schwarzen Haarschopf auftauchen, dann den ganzen Peter.

Lieber Himmel, wie sah er aus! Das Wasser lief nur so an ihm herunter, überall klebte Entenflott, an einem Ohr hingen sogar Schlingpflanzen. Und dreckig war er, nicht zu sagen!

Peter prustete laut und schüttelte sich. Dann watete er zum Ufer.

Ich merkte gleich, wie wütend er war. Er sagte kein Wort, und als ich ihn trösten wollte, guckte er mich nicht einmal an. Er stand am Ufer und wartete auf Adebar. Aber der ließ sich Zeit und nutzte die Gelegenheit, sich richtig im Wasser auszutoben. Als er endlich genug hatte, kam er aus dem Teich und blieb brav vor Peter stehen, so als sei er sich keiner Schuld bewußt. Peter griff rasch die Zügel, schwang sich hinauf, und dann ging es los. Mit Händen und Füßen schlug er auf den armen Adebar ein, schrie und johlte wie ein Indianer und jagte in wildem Galopp zum Tatarenhof. Rumpelstilzchen und ich zockelten langsam hinterher.

Als ich ankam, war Adebar schon im Stall. Aber Alex stand auf dem Hof und lachte immer noch.

»So war das nicht gemeint«, sagte er zu Peter. »Nicht du solltest in die Schwemme, sondern das Pferd!«

## Als der Habicht kam

Weil Peter das älteste Kind war, mußte er seiner Mutter oder seinem Vater oft helfen. Er holte Holz aus dem Schuppen und Wasser von der Pumpe auf dem Hof, grub den Garten um und nahm rasch die Wäsche von der Leine, wenn es zu regnen anfing. Oft half ich ihm, damit wir schneller zum Spielen kamen. Etwas gab es, das mochte Peter überhaupt nicht gern, nämlich auf seine kleinen Geschwister aufpassen. Wenn er deswegen maulte, wies Frau Jonischkies ihn zurecht. »Denk nur daran, was alles passieren kann«, sagte sie. »Es hat schon zu viele Unglücksfälle mit kleinen Kindern gegeben.«

Und sie erzählte ihm von Eltern, die niemanden hatten, der auf ihre Kinder achtgab. Die mußten die Kleinen mit aufs Feld nehmen und mit einem langen Strick an Bäumen oder Zäunen festbinden, damit sie nicht weglaufen und sich weh tun konnten.

Im Frühsommer war Kükenzeit, dann bekam Peter noch mehr zu tun. Wenn ein Huhn aufhörte, Eier zu legen, wenn es verstört auf dem Hof herumlief und gluckte, wußte jeder, daß es brüten wollte. Frau Jonischkies machte im Stall ein Nest, legte ein Dutzend Eier hinein und setzte dann die Glucke darauf. Tag für Tag blieb sie auf dem Nest sitzen, verließ es nur für kurze Zeit, um etwas zu fressen und zu trinken. Nach ungefähr drei Wochen schlüpften die Küken aus. Sie waren winzig und hatten noch keine Federn, nur nasses Flaumhaar. An ihrem Bauch klebten Reste der Eierschalen. Sie standen ganz unbeholfen auf dünnen Beinchen neben der Glucke. Bald spazierte die Hühnermutter stolz mit ihrer Kinderschar über den Hof, lauter kleine, honiggelbe Bällchen. Die Kleinen waren neugierig, machten vor jedem Strohhalm halt, liefen tschiepend in den Garten und, wenn die Haustür offen stand, auch in Jonischkies' Küche. Wenn Gefahr drohte, wurden sie von der Glucke gerufen. Dann kamen sie eilig über den Hof gerannt und verkrochen sich unter den ausgebreiteten Flügeln ihrer Mutter.

Auf die Küken mußte Peter besonders aufpassen, denn sie blieben nicht immer bei der Glucke. Wie leicht konnten sie in ein Wasserloch fallen oder im Maschendraht des Gartenzauns hängenbleiben. Der größte Feind der Küken kam aber aus der Luft. Das war der Habicht. Der große Raubvogel hatte sein Nest am Waldrand in einer hohen Fichte. Von dort aus flog er über Land, hielt Ausschau nach Mäusen und Schlangen, die er gern verspeiste oder seinen Jungen als Futter ins Nest brachte. Besondere Leckerbissen waren für ihn die Küken. Um sie zu fangen, wagte er sich sogar in die Dörfer. Und wenn er einmal ein Küken erwischt hatte, kam er immer wieder, um Beute zu holen.

Eines Nachmittags saß ich mit Peter hinter Jonischkies' Haus. Wir malten Figuren in den Sand, und Peter erzählte mir Geschichten von dem Dorf, in dem er vorher gelebt hatte. Da hörten wir auf einmal die Glucke zetern und sahen die Küken aufgeregt zu ihr laufen. Nur eins fand den Weg nicht, es rannte ängstlich piepend am Gartenzaun hin und her, und es gelang ihm nicht, durch den Maschendraht zu kommen.

»Peter, Peter, guck doch mal da oben!« rief ich.

Über dem Tatarenhof kreiste ein Habicht.

Plötzlich rauschte es mächtig in der Luft. Wie ein Pfeil schoß der Raubvogel auf das Küken herunter. Peter griff nach einem Stock und rannte über den Hof. Er kam gerade noch rechtzeitig. Der Habicht hatte das Küken zwar schon in seinen Fängen, ließ es aber sofort los, als Peter mit dem Stock auf ihn einschlug. Wütend mit den Flügeln schlagend, erhob er sich und flog rasch in Richtung Waldrand davon.

Peter nahm das Küken vorsichtig in die Hand, es war zum Glück unverletzt. Er setzte es über den Drahtzaun, und wir sahen zu, wie es gleich zu seiner Mutter rannte und unter ihre Flügel kroch.

Als Herr Jonischkies von der Feldarbeit nach Hause kam, zeigte Peter ihm eine schöne braune Feder, die er auf dem Hof gefunden hatte.

»Der Habicht war da«, sagte er. »Er wollte ein Küken holen, aber ich habe ihn mit dem Stock vertrieben. Und diese schöne Feder hat er dabei verloren.«

Herr Jonischkies nahm die Feder in die Hand und sah sie sich genau an.

»Das hast du gut gemacht«, sagte er zu Peter und steckte ihm die Habichtfeder in den Haarschopf.

Jetzt sah Peter fast so aus wie ein Indianerjunge.

## Distel im Fuß

Ab Mai liefen alle Poggenwalder Kinder barfuß, auch an Regentagen oder bei kühlem Nordwind. Wer barfuß ging, konnte bis zu den Knien im Teich waten, ohne daß er vorher umständlich Schuhe und Strümpfe ausziehen mußte. Wassergräben waren kein Hindernis, um große Pfützen gab es keine Umwege mehr, wir marschierten einfach hindurch. Besonders gern mochten wir auf den Feldwegen barfuß laufen, in dem weichen Sand, den die Sonne erwärmt hatte. Manchmal war die Erde so trocken, daß wir eine richtige Staubwolke aufwirbelten, wenn wir auf den Sandwegen liefen. Dann konnte Lisa auf dem Tatarenhof schon von weitem erkennen, daß wir aus der Schule kamen.

Ab und zu gab es auch Schrammen beim Barfußlaufen. Peter war einmal mit dem großen Zeh so heftig gegen einen Stein gestoßen, daß Blut unter dem Zehennagel hervorsickerte. Wir sammelten Wegerichblätter und tupften damit das Blut ab.

Einen Tag lang humpelte Peter wie ein lahmes Pferd, dann ging es wieder.

Vor allem mit den spitzen und kantigen Steinen standen alle Barfußläufer auf Kriegsfuß. Noch schlimmer war es, wenn man das Pech hatte, in eine Glasscherbe zu treten.

Dabei konnte man sich böse schneiden. Dann halfen auch keine Wegerichblätter mehr, ein Pflaster mußte her, und tagelang lief man nur auf der Hacke oder auf Zehenspitzen, weil es so weh tat.

Ich kriegte mal einen Holzsplitter in den Fuß. Anfangs spürte ich ihn kaum, aber am Abend begann die Stelle dick und rot zu werden. Mutter holte aus ihrem Nähkasten eine Stopfnadel und bohrte damit so lange in der Haut herum, bis der Holzsplitter draußen war.

Aber das war alles halb so schlimm, wir liefen trotzdem weiter barfuß. Es tat gut, an heißen Sommertagen mit nackten Füßen über die Wiesen zu laufen. Das weiche, kühle Gras war wie ein Teppich. Und es machte uns überhaupt nichts aus, wenn uns dabei ein aufgeschreckter Frosch auf die Füße hüpfte oder wenn wir auf Käfer und Schnecken traten oder ein Grashüpfer sich auf unsere Beine verirrte. Die kleinen Tiere gehörten zur Wiese wie die Blumen. Keiner von uns fand sie häßlich oder ekelte sich vor ihnen. Unangenehm waren die Kuhfladen, in die wir manchmal hineintapsten, wenn wir wie wild über die Wiese rannten. In der Zeit, wo der Weißklee blühte, mußten wir aufpassen, daß wir nicht versehentlich auf eine Biene traten. Die kleinen Blüten saßen nämlich voll von Bienen, da konnte man leicht gestochen werden. Lisa wußte, wie Bienenstiche behandelt werden.

»Ihr müßt sofort den Stachel aus der Haut ziehen«, sagte sie, »und dann die Wunde auslutschen, damit das Bienengift erst gar nicht ins Blut kommt.«

Eine richtige Kunst war das Barfußlaufen auf Stoppelfeldern. Wenn man von oben auf die spitzen Stoppeln trat, tat es furchtbar weh. Man durfte die Füße nicht hoch heben, sondern mußte schlurfen, wie man in Filzpantoffeln schlurft. Dabei knickten die spitzen Stoppeln um und konnten uns nicht mehr pieken. Am liebsten folgten wir den Spuren der Erntewagen, weil da die Stoppeln platt gewalzt waren.

Einmal hatte Peter nicht aufgepaßt und war in eine Distel getreten. Er jammerte laut, warf sich ins Gras und wälzte sich hin und her. Er konnte nicht mehr auftreten, denn viele kleine Distelspitzen saßen wie kleine Pfeile in seiner Fußsohle. Ich setzte mich neben ihn, nahm den Distelfuß in den Schoß und pulte einen Stachel nach dem anderen heraus. Siebenundsiebzig Stacheln steckten in Peters Fuß, und es dauerte über eine Stunde, bis ich sie alle draußen hatte.

Nun konnte Peter wieder laufen. Er legte mir den Arm um die Schultern und sagte: »Wenn du groß bist, mußt du unbedingt Krankenschwester werden.«

## Gewitter und Regenbogen

An einem warmen Sommertag braute sich über dem Tatarenhof ein Gewitter zusammen.

»Ja, der Tatarensumpf zieht das Gewitter an«, sagte Lisa geheimnisvoll und erzählte, daß sie von ihrer Kammer aus sehen könne, wenn die Blitze in den Sumpf einschlagen. Grünblau und violett leuchtete es dann im Sumpf, und manchmal roch es sogar nach Schwefel.

Alex kam rasch mit dem Erntewagen nach Hause, er wollte die volle Fuhre noch in die Scheune bringen, bevor es anfing zu regnen. Lisa jagte das Federvieh in den Stall. Jonischkies' Glucke lockte ihre Küken. Meine Mutter ging von Stube zu Stube und schloß überall die Fenster. Pluto verzog sich in seine Hundehütte, weil er nichts so fürchtete wie Blitz und Donner. Die Schwalben flüchteten in ihre

Nester im Pferdestall. Mein Vater verriegelte das Scheunentor. Herr Jonischkies rief seine Kinderschar zusammen und ging mit ihr ins Haus, das kleinste hatte er Huckepack.

Dicke schwarze Wolken standen über dem Tatarensumpf. Ich stand mit Peter hinter der Scheune und sah die große Wolkenwand näher kommen.

»Kommt rein, es donnert schon!« rief Lisa.

»Wir haben aber keine Angst«, antwortete Peter.

Um ehrlich zu sein, ein bißchen Angst hatte ich schon. Lisa hatte mir so viele schaurige Geschichten vom Gewitter erzählt, da sollte man wohl Angst bekommen. Wie der Blitz eine Kuh auf der Wiese erschlagen hatte, eine richtige große Milchkuh. In die Hörner soll der Blitz eingeschlagen und hinten am Kuhschwanz wieder herausgefahren sein. Einmal hatte der Blitz sogar eine Heufuhre auf der Straße in Brand gesteckt. Der Kutscher hatte anfangs gar nicht gemerkt, daß das Heu hinter ihm brannte, bis die Pferde unruhig wurden. Da hielt er schnell an, spannte die Pferde aus und galoppierte mit ihnen in sein Dorf.

Einen ganzen Tag und eine Nacht schwelte der Heuwagen, und am Ende blieben nur ein Haufen Asche und vier angekohlte Wagenräder übrig. Im Nachbardorf soll der Blitz mal in ein Storchennest eingeschlagen haben. Die Störche waren alle gebraten, sagte Lisa, aber die Scheune hat nicht gebrannt, weil Storchennester den Blitz abhalten. Das glaubte sie jedenfalls.

Wenn es nach ihr gegangen wäre, hätte man bei Gewitter nur still auf der Ofenbank sitzen, in der Bibel lesen und Liedertexte aus dem Gesangbuch hersagen dürfen. Auf keinen Fall laut singen! Das zieht den Blitz an. Lisa löschte auch immer gleich das Feuer im Küchenherd, wenn sich nur eine Gewitterwolke am Himmel zeigte. »Blitze sind aus Feuer und werden vom Feuer angezogen«, sagte sie. »Sie können leicht durch den Schornstein in den Küchenherd fahren und das ganze Haus in Brand setzen.« Deshalb pustete sie auch alle Kerzen und Petroleumlampen aus, wenn es draußen gewitterte.

»Und man darf auch nicht am Fenster stehen«, sagte Lisa. »Neugierige werden bestraft, wenn sie zuschauen, wie draußen die Naturgewalten toben.«

Peter hielt von all diesen Geschichten überhaupt nichts. Er fand Gewitter herrlich und überredete mich, mit ihm auf den Stallboden zu klettern, weil wir es von dort viel besser beobachten konnten. Wir hockten uns vor die Luke. Über dem Tatarensumpf stand immer noch die dicke Gewitterwolke. Anfangs blitzte es nur, dann aber folgte Donner auf Donner. Auf dem Stallboden wurde es so dunkel, daß ich Peters Gesicht nur sehen konnte, wenn die Blitze für Sekunden Helligkeit verbreiteten. Die Blitze hatten die sonderbarsten Formen, einige sahen aus wie gezackte Silberstreifen, andere wie leuchtende Keile, die vom Himmel in die Erde fuhren. Das Donnern hörte sich an, als fahre Alex auf dem Getreidespeicher mit der beladenen Sackkarre spazieren.

»Wenn du einen Blitz siehst, mußt du zählen, bis es donnert«, sagte Peter. »Dann weißt du, wie weit das Gewitter entfernt ist. Wenn du zwischen Blitz und Donner bis drei zählen kannst, ist das Gewitter einen Kilometer weit weg, wenn es aber gleichzeitig blitzt und donnert, ist das Gewitter direkt über dir.«

Vor dem Gewitterregen kam der Wind. Er wirbelte den Staub des Feldweges hoch und trieb ihn zum Tatarensumpf. In unserem Garten riß er an den Apfelbäumen, von der Wiese kamen Heubüschel durch die Luft gesegelt. Sie sahen aus wie große graue Vögel. Ein Haufen blieb vor Jonischkies' Haustür liegen, ein anderer setzte sich auf die Gartenpumpe. Das sah aus, als hätte die Pumpe eine Mütze bekommen.

Endlich legte sich der Wind. Es fing an zu regnen, zuerst ganz sacht, dann prasselten die Tropfen aufs Dach, und die warme Erde wurde getränkt.

Plötzlich hörten wir das Feuerhorn.

»Irgendwo hat es eingeschlagen«, flüsterte ich und bekam es nun doch mit der Angst. Ich guckte aus der Luke, aber sah nichts. Der Brand mußte weiter weg sein.

»Schlimm kann es nicht werden«, meinte Peter. »Der Regen hilft doch löschen.«

Es dauerte nicht lange, da sahen wir die Poggenwalder Feuerspritze, von sechs Pferden gezogen, den Feldweg entlangjagen. Es ging am Tatarenhof vorbei in den Wald hinein. »Vielleicht brennt das Forsthaus!« rief Peter. Er wäre am liebsten der Feuerwehr nachgelaufen, um zu sehen, wo es brannte, aber es regnete zu sehr.

Das Wasser lief in gewaltigen Sturzbächen vom Hof auf die Felder. Die Tonne mit Regenwasser lief über, in Jonischkies' Garten bildete sich mitten zwischen Mohrrüben und Suppenkraut ein kleiner See.

Eine Stunde lang tobte das Gewitter. Dann wurde es langsam wieder heller. Die Sonne tauchte hinter den Wolken auf. Die Störche schüttelten die Wassertropfen aus dem Gefieder, der Storchenvater flog zum ersten Beuteflug auf die nassen Wiesen.

Lisa wagte sich wieder aus dem Haus, Mutter öffnete die Fenster. Peter und ich liefen durch die Regenpfützen.

»Laß uns einen Staudamm bauen«, schlug Peter vor.

Wir schleppten Steine und Grassoden zur Hofeinfahrt, schoben mit den Händen Sand und Matsch zu einem mächtigen Damm zusammen, der das abfließende Regenwasser aufhalten sollte. Es entstand ein richtiger kleiner See auf unserem Hof. Grashalme, Blumen und Gänsefedern waren unsere Schiffe, die wir über den Tatarensee, so nannten wir unseren Stausee, auf die Reise schickten. Peter schleppte immer mehr Steine heran, um den Damm zu verstärken. So wurde unser Stausee breiter und tiefer und reichte fast bis zur Haustür.

»Ich kann doch nicht schwimmen«, jammerte Lisa, als sie das viele Wasser sah. »Wie soll ich in unseren Stall kommen, wenn ihr den Tatarenhof in einen See verwandelt?«

Nach dem Gewitter spannte Alex die Pferde an, er wollte ins Dorf fahren. Adebar und Rumpelstilzchen zogen den Wagen mitten durch unseren schönen See. Unser Damm brach, das Wasser schoß in die Spur, strömte in einer gewaltigen Flutwelle den Weg hinab. Wir liefen dem Wasser nach, ließen unsere Füße überspülen, verfolgten Gänsefedern und Blumen, die in wilder Fahrt abwärts schossen.

»Sieh dir das mal an!« Peter stand im reißenden Wasser und zeigte zum Himmel. Über dem Tatarensumpf spannte sich ein leuchtender Regenbogen. Das eine Ende stieg aus dem Sumpf auf, das andere reichte bis zu den ersten Häusern von Poggenwalde.

»Nun ist uns der Himmel wieder gut«, sagte Lisa zufrieden, als sie den schönen Regenbogen sah. »Und über den Hof kann ich ja jetzt auch wieder gehen, ohne daß ich schwimmen lernen muß.«

Am nächsten Morgen sahen Peter und ich auf dem Schulweg eine Weide, die vom Blitz getroffen worden war. Die Blätter hingen herab, das Innere des Baumes war schwarz und verkohlt; er schwelte tagelang vor sich hin. Und noch wochenlang roch es nach verbranntem Holz, wenn wir daran vorbeikamen.

## Die Kornmuhme geht um

Nicht nur auf dem Tatarenhof, auch rund herum gab es viele schöne Verstecke. Peter und ich krochen gern in hohle Bäume, in der Scheune bauten wir uns Höhlen im Stroh, wir legten uns in Ackerfurchen, die so tief waren, daß uns niemand sehen konnte. Am liebsten aber hatten wir die Kornfelder. Wenn im Juli das Getreide reifte, sahen sie aus wie ein großes gelbes Meer. Der Wind strich über sie hin und bewegte die Ähren. Sie raschelten hoch über unseren Köpfen, wenn wir uns hineinlegten. Dann schauten wir in den Himmel und hörten dem Wind zu. Das war ganz wunderbar.

Eigentlich durften wir nicht ins Kornfeld gehen. »Da wächst Brot für die Menschen«, hatte mein Vater gesagt. »Wenn ihr die Ähren niedertretet, kann das Korn nicht mehr reifen.«

Meine Mutter freute sich immer, wenn ich ihr einen Strauß blauer Kornblumen brachte, aber jedesmal sagte sie: »Du darfst sie nur vom Feldrand aus pflücken, sonst zertrittst du unser Brot.«

Jedes Jahr, wenn die Kornfelder gelb wurden, erzählte Lisa uns unheimliche Geschichten, die uns davon abhalten sollten, ins Kornfeld zu gehen. Sie behauptete, daß sich Kinder darin verirrt und nicht wieder nach Hause gefunden hätten. Und sie erzählte von gefährlichen Hornissenschwärmen, die in den Kornfeldern lebten.

»Das eine sage ich euch, von drei Hornissenstichen stirbt der Mensch. Also paßt auf! Und hütet euch vor der Kornmuhme!«

Nach Lisas Schilderung war die Kornmuhme ein abscheuliches altes Weib. Lisa hatte sie an einem Sonntag nach dem Kirchgang gesehen. Sie hatte wie eine Hexe ausgese-

hen, mit einem Hundemaul. Und laufen konnte die Kornmuhme wie ein Reh, und ihre Stimme klang wie das Rufen der Eulen in der Nacht.

Lisas Kornmuhme hatte es auf kleine Kinder abgesehen, die es wagten, in ein Kornfeld zu gehen. Die griff sie mit ihren langen Krallenfingern und schleppte sie in eine Erdhöhle.

»Noch niemals ist ein Kind, das die Kornmuhme gefangen hat, zu seinen Eltern zurückgekehrt«, schloß Lisa jedesmal ihre Geschichte.

Danach wagte ich mich für eine Weile in kein Kornfeld mehr, ja, nicht mal in die Nähe von Kornfeldern. Wenn ich Kornblumen pflücken wollte, mußte Lisa mitkommen. Dann blieb sie manchmal stehen, legte den Finger auf den Mund und flüsterte: »Hörst du die Kornmuhme, Maria?«

Peter glaubte nicht an die Kornmuhme. »Was Lisa da hört, ist nur der Wind«, sagte er.

Auch Alex lachte Lisa aus.

»Du mit deiner Kornmuhme! Ich hab schon an die hundert Kornfelder abgemäht, aber noch nie ist mir ein häßliches altes Weib mit einem Hundemaul begegnet. Und wenn es im Kornfeld eine Erdhöhle gibt, ist das weiter nichts als ein Fuchsbau.«

Eines Tages wurde es Peter zuviel. Er wollte nun genau wissen, wie das mit der Kornmuhme war. Und ich sollte mitkommen. Er steckte sein Katapult ein und sammelte die Hosentaschen voller Steine. Vielleicht war er doch nicht so ganz sicher, ob es eine Kornmuhme gab oder nicht. Wir fanden eine Stelle, an der zwei Kornfelder zusammenstießen, nur ein schmaler Feldrain trennte sie. Dort legten wir uns auf die Lauer. Von beiden Seiten neigten sich die schweren Ähren über uns. Kein Windzug bewegte sie.

Da saßen wir Stunde um Stunde und sahen den Grashüpfern und Schmetterlingen zu, aber nichts geschah. »Muhme! Muhme!« rief Peter ein paarmal laut, weil Lisa gesagt hatte, man könne die Kornmuhme durch lautes Rufen anlocken. Doch nichts rührte sich.

Mir kam es zwar vor, als antwortete eine Stimme aus der Ferne, aber Peter lachte mich aus. »Das sind doch nur die Kühe auf der Waldwiese«, sagte er.

Wir waren müde und hungrig und wollten gerade nach Hause gehen, als es vor uns im Kornfeld raschelte.

Jemand kam mit gewaltigen Sätzen auf uns zugesprungen! Die Erde dröhnte richtig.

»Komm, wir laufen weg!« flüsterte ich.

»Zu spät«, antwortete Peter. Er legte sich flach ins Gras. Ich duckte mich neben ihm und hielt die Luft an. Peter legte einen Stein in sein Katapult und zielte in die Richtung, aus der das Rascheln kam.

Doch plötzlich war es still. Da nahm Peter den Stein und warf ihn weit ins Feld. Nun brach es wieder los. In wilden Sätzen kam es näher. Etwas Graubraunes schnellte vor uns in die Luft und sprang ein Stück von uns entfernt über den Feldrain ins nächste Kornfeld. Wir richteten uns auf und guckten hinterher.

»Das ist ja nur ein Reh!« rief Peter erleichtert.

Es war eine Rehmutter mit zwei kleinen Kitzen, die durchs Kornfeld sprangen. Bei jedem Satz tauchten ihre Köpfe aus dem Ährenmeer auf und verschwanden wieder.

Wir mußten lachen. Peter steckte sein Katapult ein, denn auf junge Rehe schleudert man keine Steine. Eine Weile hörten wir noch, wie die drei durchs Kornfeld flüchteten. Dann wurde es wieder still. Weit und breit keine Spur von einer Kornmuhme. Der Wind raschelte in den Ähren, und auf der Waldwiese brüllten tatsächlich die Kühe.

Am Abendbrottisch stieß ich Lisa an.

»Ich weiß jetzt, wie die Kornmuhme aussieht«, sagte ich. »Sie hat vier dünne Beine, einen langen Hals und einen kleinen Kopf mit zwei großen Lauschern. Ihr Fell ist graubraun, und unter dem Bauch hat sie helle Flecken.«

Lisa schaute mich mit großen Augen an.

»Nun hast du also endlich auch mal eine Kornmuhme gesehen«, sagte sie.

Da prustete Alex laut los.

»Na, Lisa«, sagte er lachend, »wenn das man nicht ein Reh gewesen ist, was unsere Maria da im Kornfeld gesehen hat.«

Alle lachten, nur Lisa blieb ganz ernst, denn sie war der einzige Mensch in Poggenwalde, der die Kornmuhme wirklich gesehen hatte. Aber das war wohl schon viele Jahre her.

## Wer hat Angst vor der Eisenbahn?

Endlich fingen die Sommerferien an. Aber niemand in Poggenwalde dachte daran, in fremde Länder zu reisen oder ans Meer. Im Sommer war Erntezeit, da wurde jeder gebraucht. Auch Kinder halfen mit, Roggen, Hafer, Gerste und Weizen von den Feldern in die Scheune zu bringen.

Daß Peter und ich in den Sommerferien trotzdem in die Stadt kamen, hatten wir Alex zu verdanken. Der mußte, als das erste Korn gedroschen war, die vollen Säcke zur Eisenbahnstation bringen.

»Wollt ihr mitkommen?« fragte er am Abend vor der Reise.

Und ob wir das wollten! Ich war aufgeregt und konnte nicht einschlafen, weil ich doch noch nie in der Stadt gewesen war.

Am nächsten Morgen, kurz nach Sonnenaufgang, ging es

los. Dreißig prall gefüllte Kornsäcke lagen auf unserem Wagen. Mutter gab uns ein Paket Butterbrote mit und eine Kanne frische Milch. Vater spendierte Peter und mir einen Groschen. »Dafür könnt ihr Brausepulver oder Stundenlutscher kaufen!« meinte er.

Alex lenkte die Pferde, und Peter und ich hatten es uns auf den Säcken gemütlich gemacht. Langsam zockelten wir durch Poggenwalde und dann auf die Chaussee, die zur Stadt führte. Alex pfiff lustige Lieder und knallte mit der Peitsche. Wir waren sehr gespannt auf die Stadt und guckten nach rechts und guckten nach links. Aber weit und breit sahen wir nichts als Äcker und Wiesen.

Als wir zwei Stunden gefahren waren, zeigte Alex mit der Peitsche nach vorn und rief: »Jetzt könnt ihr schon den Kirchturm sehen!«

Wir rappelten uns auf. Tatsächlich, vor uns tauchte ein spitzer, grünschimmernder Turm auf mit goldener Haube. Um den Turm herum lauter rote Dächer. So viel Ziegelrot auf einem Haufen hatte ich noch nie gesehen.

Plötzlich hörten wir einen sonderbaren Lärm. Auf der Chaussee kam uns eine schwarze Blechkiste entgegen, die vorn zwei riesige Glasaugen hatte. Hinter einer Scheibe saß ein Mann in Lederkleidung, seine Hände hielten ein komisches Rad fest, das er hin und her drehte.

Vater hatte oft erzählt, daß es in den Städten Wagen gibt, die fahren können, ohne daß sie von Pferden gezogen werden. Aber gesehen hatten wir eine so sonderbare Kutsche noch nie. Das Gefährt brummte laut wie der Dreschkasten auf dem Tatarenhof. Als es bei uns vorbeifuhr, gab es plötzlich ein lautes, quäkendes Geräusch.

»Muß der Kerl denn gerade jetzt hupen!« rief Alex wütend, denn für Adebar und Rumpelstilzchen war der Lärm zuviel. Sie scheuten, machten einen Satz zur Seite und hätten uns wohl mit den dreißig Kornsäcken in den

Graben gerissen, wenn Alex nicht schnell abgesprungen wäre und sie an den Zügeln festgehalten hätte. Er klopfte ihnen den Hals und redete beruhigend auf sie ein. Das war noch einmal gutgegangen, aber uns war doch ein gehöriger Schreck in die Glieder gefahren. Als Alex wieder auf dem Wagen saß, schien er gar nicht mehr so fröhlich zu sein wie vorher. Er achtete nur noch auf Pferde und Straße und pfiff auch keine Lieder mehr.

Je näher wir der Stadt kamen, desto schweigsamer wurden wir. Ängstlich hielten wir von unseren Kornsäcken Ausschau nach lärmenden schwarzen Blechkisten, die Adebar und Rumpelstilzchen von neuem erschrecken könnten.

Was konnte in einer Stadt noch alles passieren? Es gab ja nicht nur Autos, sondern auch Radfahrer. Vor allem aber gab es die Eisenbahn! Davon hatte uns Alex erzählt.

Zum Glück war es am Bahnhof der kleinen Stadt ganz still, als wir ankamen. Nur ein paar leere Güterwagen standen herum. Das Bahnhofsgebäude war nicht größer als das Haus der Familie Jonischkies. Einen Bahnhof hatten wir uns ganz anders vorgestellt. Da fauchte und dampfte keine Lokomotive, wir sahen keinen Bahnhofsvorsteher mit einer Trillerpfeife, der die Züge abfahren ließ, nicht einmal Fahrgäste waren da.

Alex fuhr zur Verladerampe auf der Rückseite des Bahnhofsgebäudes und machte sich daran, die Kornsäcke abzuladen. Während er die Säcke schleppte, gingen Peter und ich ein Stück die Straße entlang, aber nicht weit, weil wir unseren Pferdewagen nicht aus den Augen verlieren wollten. Für uns war alles ganz neu, was wir sahen: Geschäfte, in denen es viele Dinge gab, die wir noch nie gesehen hatten, die vielen Menschen auf der Straße, die ganz verschieden gekleidet waren. An einer Ecke stand ein Polizist in grüner Uniform, der sich von den Vorübergehenden freundlich grüßen ließ. Wir liefen einem Scherenschleifer hinterher, der mit seinem Schleifstein von Haustür zu Haustür wanderte, und sahen ihm bei der Arbeit zu.

»Messer und Scheren! Messer und Scheren!« rief er und wartete darauf, daß man ihm welche zum Schleifen brachte. Ein Leierkastenmann machte Musik, eine dicke Frau verkaufte aus einem Blecheimer gesalzene Heringe.

Als wir zu Alex zurückkamen, war er mit dem Abladen fertig. Er hatte es sich auf dem leeren Wagen bequem gemacht und aß die Brote, die Mutter ihm mitgegeben hatte. Wir wollten gerade zu ihm auf den Wagen steigen, da kam plötzlich ein Zug angeschnaubt. Die Lokomotive war ziemlich klein, aber uns kam sie vor wie ein Ungeheuer, das Rauchwolken ausatmete und Dampf aus den Rädern preßte. Adebar und Rumpelstilzchen schienen sie wohl für einen gräßlichen Drachen zu halten. Sie bäumten sich auf, der Wagen ruckte an. Alex konnte eben noch die Zügel greifen, da stürmten sie schon los, als sei die Poggenwalder Feuerwehr unterwegs. In wilder Fahrt ging es die Straße abwärts.

»Halt! Halt!« schrie der Polizist und fuchtelte wild mit den Armen. Aber die Pferde stürmten weiter, an ihm vorbei. Nichts und niemand konnte sie aufhalten. Radfahrer sprangen von ihren Rädern und brachten sich in Sicherheit. Der Scherenschleifer flüchtete in einen Hauseingang, der Leierkastenmann hörte auf zu spielen, und die Frau mit den Heringen stieß ihren Eimer um, als sie davonrannte. Die Leute drückten sich an die Hauswände und sahen entsetzt den wildgewordenen Pferden nach.

Wenn Pferde durchgehen, kann das böse enden. Sie können nicht nur sich selbst schwer verletzen, sondern auch Menschen, die ihnen in den Weg kommen oder sie aufzuhalten versuchen.

Peter und ich standen erschrocken am Straßenrand. Wir hörten Alex »Halt!« schreien und »Pirr!« und »Oho!«. Aber das half nichts, und seine Stimme und das Klappern der Räder auf dem Kopfsteinpflaster entfernten sich immer mehr, Alex wurde immer kleiner, genau wie unser Wagen. Bald sahen wir nichts mehr von ihnen, nur noch eine große Staubwolke, wo Alex mit Pferden und Wagen verschwunden war.

Wir waren allein. Peter und ich ganz allein in einer fremden Stadt! Wir kannten keinen Menschen, und den Weg zurück nach Poggenwalde wußten wir auch nicht.

»Wie sollen wir bloß nach Hause kommen?« Ich war den Tränen nahe. Wir schauten uns um. Da sahen wir den Polizisten auf uns zukommen.

»Ob der uns einsperren will?« fragte ich leise.

»Komm, wir hauen ab!« sagte Peter ebenso leise.

Wir rannten los.

»Bleibt stehen, ich will euch doch nur helfen!« rief uns der Polizist nach. Aber wir rannten weiter, so schnell wir konnten, die Straße hinunter, Alex, den Pferden und dem Wagen hinterher. Als wir die letzten Häuser der Stadt hinter uns hatten, konnten wir nicht mehr. Wir wollten uns gerade zum Ausruhen an den Straßenrand setzen, als wir in der Ferne unser Fuhrwerk entdeckten. Es stand einfach da, und Alex saß im Gras daneben, als hätte er eine kleine Pause eingelegt, um nun endlich in Ruhe seine Butterbrote zu essen.

Als er uns kommen sah, sprang er auf und schrie: »Steigt auf, aber schnell!« Sein Gesicht hatte rote Flekken. Wir merkten gleich, wie wütend er war. »Haltet euch gut fest!« rief er und kletterte auf den Wagen. Kaum waren wir oben, da ließ Alex die Peitsche auf die Pferde niedersausen. So hatten wir ihn noch nie erlebt. Er schrie und tobte. Wenn die Pferde langsamer wurden, schlug er auf sie ein, als ginge es um sein Leben. In wildem Galopp rasten sie die Chaussee entlang und waren noch schneller als vorhin auf der Flucht vor der Lokomotive, ja, ich denke, wir fuhren schneller als eine richtige Eisenbahn.

Niemand in Poggenwalde konnte sich erinnern, daß ein Pferdefuhrwerk jemals den Weg von der Stadt zum Tatarenhof in so kurzer Zeit zurückgelegt hatte. Schweißbedeckt kamen Adebar und Rumpelstilzchen auf dem Hof zum Stehen. Aus ihren Mäulern tropfte der Schaum, und ihre Beine zitterten. Alex stieg ruhig vom Wagen, ging zu ihnen und klopfte ihren Hals. Wir hörten, wie er sagte: »Na, dann wollen wir uns mal wieder vertragen.«

## Geburtstag im kleinen Haus

Es war ein sehr heißer Tag, und es war Mittagspause, als Herr Jonischkies zu uns gelaufen kam. Er war so aufgeregt, daß er sogar vergaß, an die Küchentür zu klopfen. Er riß die Tür einfach auf und rief: »Jetzt geht es los!«

Vater und Mutter tauschten einen Blick. Lisa stand auf, wischte die Hände an der Schürze ab und sagte: »Ich komm gleich rüber.«

Alex ließ den halbvollen Suppenteller stehen

»Ich spanne schon mal an und hol die Wehfrau«, murmelte er.

Ich wollte zu Jonischkies laufen, um zu sehen, was los war, aber meine Mutter sagte: »Kinder haben da jetzt nichts zu suchen, du darfst nicht hingehen.«

Draußen traf ich Peter. Auch er war weggeschickt worden, um auf seine kleinen Geschwister aufzupassen. Die spielten im Sand, und wir setzten uns zu ihnen und warteten.

Nach einer halben Stunde kam Alex aus Poggenwalde zurück. Neben ihm auf dem Wagen saß eine Frau im schwarzen Kleid. Sie sah sehr streng aus und verschwand sofort in Jonischkies' Haus.

Bald darauf kam Herr Jonischkies heraus. Er schien viel ruhiger zu sein als vorhin, rauchte sein Mittagspfeifchen und sagte zu Alex: »Wir können jetzt wieder aufs Feld fahren, die Wehfrau ist ja da und wird schon alles gut machen.«

Peter und ich versteckten uns hinter der Scheune und beobachteten das kleine Haus. Wir spürten, daß seltsame Dinge darin vorgingen. Fenster und Türen wurden geschlossen. Lisa lief zur Pumpe und holte Wasser. Aus dem Schornstein stieg schwarzer Rauch, obwohl die Mittagszeit, wo gekocht wurde, längst vorbei war. Es sah so aus, als heizten Jonischkies mitten im heißen Sommer den Kachelofen.

»Am liebsten hätte ich ja einen Bruder«, meinte Peter.

Peter wußte, was die Aufregung zu bedeuten hatte. »Wir kriegen nämlich ein neues Kind«, sagte er.

Ein Kind? Ich schaute zum Himmel, ob schon ein Storch angeflogen kam, denn Lisa hatte mir erzählt, daß die Störche die kleinen Kinder aus dem Tatarensumpf holten.

Peter lachte mich aus und erzählte mir, wie es wirklich zuging. Ich wußte bis dahin nicht, daß die kleinen Kinder aus dem Bauch der Mutter kommen, genauso wie die kleinen Ferkel und Kälber aus dem Bauch ihrer Mütter. Peter mußte es ja wissen, denn er hatte schon vier Geschwister. Er war übrigens gar nicht froh über das neue Kind. Wieder eins mehr, auf das er aufpassen mußte, damit würde es wohl nie ein Ende nehmen.

Ich war sehr aufgeregt und gespannt. Da lag Frau Jonischkies in ihrer Schlafkammer und bekam ein Kind!

Ein paar Stunden vergingen, ohne daß etwas geschah.

Alex kam mit einer Fuhre Korn auf den Hof, hielt vor Jonischkies' Haus und klopfte ans Fenster.

»Ist schon was?« fragte er.

Lisas Gesicht tauchte hinter der Gardine auf. Wir sahen, wie sie den Kopf schüttelte. Als Alex mit der nächsten Fuhre kam, fragte er wieder.

Es ging schon auf den Abend zu, da kam Lisa aus dem Haus und rief Peter.

»Lauf schnell zu deinem Vater und sag ihm, es ist ein Mädchen!«

Peter und ich rannten aufs Feld. Als die Männer uns kommen sahen, hörten sie auf zu arbeiten. Herr Jonischkies rammte die Forke in den Boden und kam uns langsam entgegen. »Es ist ein Mädchen!« rief Peter, und es kam mir so vor, als freute Peter sich doch ein bißchen. Der Riese Jonischkies packte seinen Sohn, schleuderte ihn vor Freude hoch in die Luft und fing ihn mit seinen starken Armen wieder auf. Dann ging er wieder an die Arbeit. Erst als der Wagen vollgeladen war, machte er sich mit uns auf den Weg nach Hause. Mit schweren Schritten stapfte er über das Stoppelfeld, die Forke auf dem Rücken. Ich mußte immer wieder zu ihm hochsehen. Gesicht und Arme waren braun gebrannt, das weiße Hemd war längst nicht mehr weiß, sondern ziemlich grau. Unter seiner Schirmmütze schaute das dunkle, schweißverklebte Haar hervor. Ich konnte ganz deutlich sehen: Peters Vater freute sich, er freute sich auch über das sechste Kind.

Bevor er ins Haus ging, um seine Tochter anzuschauen, wusch er sich unter der Pumpe Gesicht und Hände und zog sein schmutziges Hemd aus. Dann rief er Peter und die anderen Kinder, die ihre neugeborene Schwester auch noch nicht gesehen hatten. Mit der ganzen Kinderschar betrat er das kleine Haus, ich stand draußen und dachte, daß es doch schön ist, einen Bruder oder eine Schwester zu bekommen.

Am Abend schickte mich meine Mutter mit einem Kuchen und einem Stück Rauchwurst zum Gratulieren hinüber. Frau Jonischkies lag im Bett und neben ihr das neue Kind, das ganz schwarze Haare hatte.

»Es wiegt schon sechs Pfund«, sagte Peter stolz.

»Fällt dir nicht ein schöner Name ein, Maria?« fragte mich Frau Jonischkies. »Wir wissen noch nicht, wie es heißen soll.«

Ich wußte sofort einen Namen. »Erika«, schlug ich vor, so hieß nämlich meine liebste Puppe.

»Was meinst du?« rief Frau Jonischkies ihrem Mann zu. »Wollen wir es Erika nennen?«

»Ja, Erika klingt gut«, antwortete Herr Jonischkies.

So bekam das sechste Kind von Jonischkies einen Namen, den ich ausgesucht hatte. Und darauf war ich sehr stolz.

Zwei Wochen später half Frau Jonischkies schon wieder bei der Erntearbeit. Die kleine Erika nahm sie im Kinderwagen mit aufs Feld und stellte sie in den Schatten der Bäume. Ein feines Netz hielt Fliegen und Mücken fern. Manchmal, wenn ich gerade in der Nähe war, durfte ich den Kinderwagen auf dem Feldweg spazierenfahren oder zuschauen, wenn Frau Jonischkies das Baby trockenlegte und ihm die Brust gab.

## Die Gänse und der Drachen

In den letzten Sommerwochen hatte Peter kaum noch Zeit, mit mir zu spielen. Er mußte Gänse hüten.

Lehrer Dusek gab dann Schularbeiten auf, für die wir

kein Tintenfaß und keinen Federhalter brauchten. Das Einmaleins, Liedertexte oder Gedichte konnten wir auch auswendig lernen, wenn wir zu Hause oder auf dem Feld halfen. Und so machte auch Peter seine Schularbeiten draußen bei den Gänsen.

Jonischkies besaßen zehn junge Gänse. Die sollten bis Weihnachten fett werden, denn zum Fest gab es immer Gänsebraten und als Brotaufstrich den ganzen Winter über Gänseschmalz.

Mein Vater hatte Jonischkies' erlaubt, die Gänse auf unseren Stoppelfeldern zu hüten. Da fanden sie zwischen den Stoppeln noch genug Ähren und Körner, die sie besonders gern fraßen. Aber es mußte jemand auf sie aufpassen, damit sie nicht wegliefen, zum Beispiel in den Wald oder den Tatarensumpf. Füchse konnten ihnen auch gefährlich werden. Also mußte Peter jeden Nachmittag die Gänse auf die Stoppelfelder treiben.

Meistens leistete ich Peter Gesellschaft, denn allein mit den Gänsen war es furchtbar langweilig, und ohne Peter langweilte ich mich ja auch. Frau Jonischkies gab uns Gänsehütern ein Paket Butterbrote mit, dazu eine Kanne voll Himbeersaft.

Wenn Peter die Stalltür öffnete, kamen ihm die Gänse schon schnatternd entgegen, breiteten die Flügel aus und rannten von allein zu den Feldern mit dem guten Futter. »Jagt sie nur nicht so wild!« mahnte uns Frau Jonischkies. »Wenn die Gänse viel laufen, bleiben sie dürr und mager.«

Gänsehüten war keine schwere Arbeit, aber Spaß machte sie auch nicht. Die Zeit verging so langsam. Wir konnten doch nicht den ganzen Nachmittag über für Lehrer Dusek Gedichte aufsagen und Liedertexte lernen! Manchmal kletterte Peter auf einen Baum, um nach Piraten oder Tataren Ausschau zu halten. Aber der einzige

Tatar, den er je entdeckte, war unser Alex, der mit Adebar und Rumpelstilzchen zur Poggenwalder Mühle fuhr.

Wir sammelten Brombeeren und schlugen uns den Bauch voll mit wilden Birnen, die Peter von einem Baum geschüttelt hatte. Wenn uns gar nichts mehr einfiel, schnitzten wir Stöcke aus Weidenholz.

Alex ahnte wohl, wie langweilig das Gänsehüten war, denn eines Abends rief er uns in seine Kammer.

»Guckt mal, was ich für euch habe!« sagte er. »Damit könnt ihr euch die Zeit vertreiben!«

Auf dem Tisch lag ein riesiger Papierdrachen. Den hatte Alex in seinen freien Stunden für uns gebastelt.

»Ihr müßt ihm nur noch ein schönes Gesicht malen«, schlug er vor.

Es wurde eher furchterregend als schön, unser Drachen bekam ein richtig böses Drachengesicht. Lisa flocht ihm einen langen Drachenschwanz aus Silberpapier, und meine Mutter holte uns zwei rote Schleifen aus ihrer Kleidertruhe für die Drachenohren. Jetzt fehlte noch der Bindfaden. Den schenkte uns mein Vater, eine dicke Rolle Garn, mit dem sonst das Stroh gebunden wurde.

Am nächsten Tag nahmen wir den Drachen mit aufs Stoppelfeld. Ich hielt ihn fest, während Peter mit der Bindfadenrolle weglief und sie abspulte. Auf ein Kommando ließ ich den Drachen los. Der Nordwind packte ihn, der Drachen stieg. Er tanzte überm Feld und zuckte nach links und nach rechts. Plötzlich jedoch stürzte er mit der Nase voran auf die Erde. Da lag er, platt wie eine Flunder. Wir untersuchten ihn. Zum Glück war nichts kaputtgegangen. Wieder ließen wir ihn steigen. Diesmal blieb er oben. Immer höher schwebte er. Der Drachenschwanz raschelte über uns, und die roten Drachenohren flatterten wie Fähnchen im Wind. Wirklich, der Drachen flog höher als die Schwalben. Vielleicht wäre er in den weißen Wolken verschwunden, wenn wir einen längeren Bindfaden gehabt hätten.

Während wir noch unserem Drachen zuschauten, wurden Jonischkies' Gänse unruhig. Auch sie blinzelten zu ihm hinauf und stießen heisere Schreie aus. Und dann geschah das Sonderbare. Eine Gans schlug heftig mit den Flügeln, nahm einen Anlauf, und plötzlich flog sie im Tiefflug über unsere Köpfe. Eine nach der anderen folgte ihr, bis wir allein auf dem Stoppelfeld standen. Alle zehn Gänse waren in der Luft und stiegen immer höher hinauf, als wollten sie unserem Drachen folgen.

Wir sahen ihnen sprachlos nach. Was war nur mit Jonischkies' Gänsen los? Sie umkreisten den Drachen eine Weile, dann flogen sie in Richtung Tatarenhof weiter, ohne daß wir etwas tun konnten. Wir mußten zusehen, wie sie sich immer weiter entfernten.

»Wenn die nun nach Afrika fliegen!« rief Peter entsetzt.

Sie flogen jetzt über den Tatarensumpf auf die roten Ziegeldächer des Dorfes zu.

»Dann gibt's bei Jonischkies keinen Gänsebraten zu Weihnachten«, sagte ich. »Und was dein Vater sagt, wenn er kein Gänseschmalz kriegt, das kannst du dir wohl denken. Er wird dir schön die Ohren langziehen! ›Du bist mir der richtige Gänsehirte‹, wird er sagen. ›Läßt unsere schönen Bratgänse nach Afrika fliegen.‹ Guck doch mal, Peter! Die fliegen tatsächlich nach Süden!«

Peter war richtig verzweifelt.

Er wickelte rasch den Bindfaden auf und holte den Drachen ein.

»Wenn der Drachen unten ist, kommen die Gänse vielleicht wieder runter«, meinte er.

Aber Jonischkies' Gänse schienen nicht daran zu denken, sie kreisten über Poggenwalde. Da liefen wir los, querfeldein hinter unseren Gänsen her, so schnell wir konnten. Als

wir die ersten Häuser des Dorfes erreichten, sahen wir, was die Gänse so sehr interessierte. Sie hatten den Poggenwalder Dorfteich entdeckt. Sie flogen tiefer und tiefer und landeten schließlich inmitten der Schwäne, Wildenten und Haubentaucher. Das Wasser spritzte hoch auf.

Als Peter und ich ganz außer Puste ans Ufer kamen, schwammen Jonischkies' Gänse schon friedlich auf dem Teich.

Peter griff sich einen Knüppel und sprang in den Kahn, der da lag. Vom Ufer aus sah ich zu, wie er hinausruderte und mit dem Stock ins Wasser schlug. Er schrie laut und trieb die Gänse an Land. Aber was war denn das? Ich zählte nur neun Gänse! Dann zählten wir zusammen – es blieb dabei, es fehlte eine Gans. Peter suchte das Schilf und das Weidengestrüpp ab, aber die zehnte Gans war nicht zu finden.

Bedrückt trieben wir die neun Ausreißer nach Hause. Als wir auf den Hof kamen, wusch sich Herr Jonischkies gerade an der Pumpe. »Da seid ihr ja«, begrüßte er uns. »Habt ihr auch alle Gänse wieder mitgebracht?« Er zählte sie. Wir hatten Herzklopfen. Jetzt kam alles heraus. ». . . acht, neun, zehn«, zählte Herr Jonischkies. »Gut, dann sind ja alle da.«

Peter guckte ganz verwirrt. »Es sind doch bloß neun«, stotterte er. »Eine ist abgehauen. Sie ist bestimmt nach Afrika geflogen.«

Da fing Herr Jonischkies an zu lachen. »Willst du mal sehen, wo Afrika liegt?« fragte er.

Er nahm Peter am Arm und zog ihn zum Gänsestall. Als Herr Jonischkies die Tür öffnete, kam die zehnte Gans herausgelaufen. Schnatternd begrüßte sie die anderen Gänse.

»Vor einer halben Stunde ist sie auf dem Hof gelandet. Sie hat so lange herumgeschrien, bis ich hinausgegangen bin«, erzählte Herr Jonischkies.

Peter und mir fiel ein Stein vom Herzen, weil Jonischkies' Weihnachtsbraten nun doch noch gerettet war. Nicht auszudenken, wenn die Gänse nach Afrika geflogen wären.

## Wie der Riese Jonischkies den Esel trug

An einem der letzten Sommertage kam ein Zirkus nach Poggenwalde. Zwei Pferdewagen zogen morgens die Dorfstraße entlang. Auf dem ersten saß die Zirkusfamilie, drei braune Kinder, ein Mann mit Schnauzbart und eine Frau mit roten Haaren. Den zweiten Wagen lenkte ein Clown. Der hatte sich schon am frühen Morgen bunt angemalt, als wollte er sofort eine Vorstellung geben. In diesem Wagen waren auch die Zirkustiere, ein Pfau, ein Truthahn und ein kleines Äffchen, das die Peitsche hielt. In einem großen Käfig hinter ihnen lag die Attraktion des Zirkus, ein großer schwarzer Bär, der traurig durch das Gitter starrte. An seinem Käfig hing ein Schild. »Nicht füttern!« stand darauf.

Der Clown beugte sich vom Wagen herunter und erzählte jedem, der es hören wollte, daß er den Bären mit eigenen Händen gefangen habe. Der war vor einem Jahr aus einem tatarischen Gefängnis ausgebrochen, behauptete er, und bis in diese Gegend gelaufen. »Stellt euch vor«, log er, ohne rot zu werden, »heute morgen sehe ich zufällig, wie sich der Bär über Lehrer Duseks Bienenhonig hermachen will. Ich packte den frechen Burschen von hinten und sperrte ihn in den Käfig. Und so ist der Zirkus zu einem Bären gekommen, und Lehrer Dusek hat seinen Honig behalten.«

Ein Esel trabte neben dem Wagen her und ließ die Ohren

so sonderbar hängen, daß die Leute sich lachend fragten, ob er wohl Liebeskummer habe oder Zahnschmerzen.

Auf dem Dorfanger hielten die Wagen. Clown und Zirkusdirektor fingen an, Holzpfähle in den Boden zu rammen. Die Pfähle verbanden sie mit einem langen Seil, und so entstand die Zirkusarena unter freiem Himmel, ohne Dach, ohne Stühle oder Bänke.

Währenddessen zogen die drei Zirkuskinder durchs Dorf. Der Junge ritt auf dem Esel voraus, die beiden größeren Mädchen folgten ihm. Er bimmelte pausenlos mit einer Glocke. Immer wieder blieben sie stehen und riefen: »Heute abend um sechs Uhr spannende Zirkusvorstellung auf dem Dorfanger! Jedermann ist eingeladen. Bringt zwanzig Pfennig Eintrittsgeld mit!«

Die Kinder kamen auch auf den Schulhof mit ihrem Esel. In der großen Pause zeigte der, was er alles konnte. Zum Beispiel machte er einen richtigen Handstand, das heißt, er balancierte auf den Vorderfüßen, während seine Hinterbeine in der Luft strampelten. Die Schulkinder klatschten begeistert Beifall, und Lehrer Dusek meinte: »Endlich mal ein Esel, der etwas Vernünftiges kann.«

Als ich zu Hause davon erzählte, schenkte Vater mir das Geld für die Zirkusvorstellung am Abend. Auch Peter bekam zwanzig Pfennig von ihm, das war sozusagen der Lohn dafür, daß er vor zwei Tagen unseren Adebar zum Hufschmied gebracht hatte. Wir waren sehr aufgeregt, denn noch nie in unserem Leben waren wir im Zirkus gewesen. Lisa wäre gern mitgegangen, aber sie hatte wohl zu große Angst, daß der Bär aus dem Käfig ausbrechen und sie anfallen könnte. Aber Alex und Herr Jonischkies wollten mitkommen.

Endlich war es Abend geworden. Viele Leute aus Poggenwalde hatten sich auf dem Dorfanger versammelt, und die Vorstellung konnte beginnen. Der Zirkusdirektor, in Pumphosen und mit einem schwarz bemalten Gesicht, verkündete mit lauter Stimme, daß zuerst die Kinder ihre Kunststükke vorführen würden. Und dann wirbelten die drei mit ihren goldbestickten Kostümen radschlagend durch die Arena, sie liefen auf Händen und balancierten auf einem schmalen Brett.

Nach den Kindern trat der Clown mit dem Truthahn auf. Der sprang dem Clown auf den Kopf und tanzte da oben Polka. Dann kam der Pfau an die Reihe. Er sollte seine schillernden Schwanzfedern ausbreiten, tat es aber nicht, sosehr ihn der Zirkusdirektor auch darum bat.

Es wurde mucksmäuschenstill, als nun der Clown den Bären an einer Kette auf den eingezäunten Platz führte. Er kraulte ihm das schwarze Fell, stupste ihn und redete auf ihn ein. Doch nichts geschah. Als aber der Zirkusdirektor mit einer Fiedel angehüpft kam und zu spielen anfing, richtete der Bär sich brummend auf und begann zu tanzen. Er drehte sich wie ein Brummkreisel einmal, zweimal durch die Arena, dann blieb er vor dem Clown stehen, schnappte sich dessen Hut und hielt ihn den Leuten hin, damit sie ihm ein Geldstück hineinwarfen. Wenn er ein paar Pfennige bekam, machte er eine tolpatschige Verbeugung.

Der Zirkusdirektor konnte nicht nur auf der Fiedel spielen, er trat auch als Feuerschlucker und Messerwerfer auf, und der Clown war nicht nur ein Spaßmacher. Er verwandelte sich im Handumdrehen in einen Zauberer im schwarzen Frack, und als Cowboy konnte er so laut mit der Peitsche knallen wie kein Pferdeknecht in ganz Poggenwalde.

Jetzt sahen wir auch das Äffchen wieder, das vorhin auf einer Stange neben der Zirkusfrau gesessen hatte, als sie die Eintrittskarten verkaufte. Wenn sich jemand an ihr vorbeimogeln wollte, ohne zu zahlen, hatte es laut losgekreischt. Nun saß es auf einer hohen Kiste und fing jedesmal, wenn eine Darbietung zu Ende war, zu klatschen an. Wenn das Publikum mitklatschte, sah es sehr zufrieden aus. Ein paar größere Jungen drängten sich heran und versuchten, den Affen zu ärgern. Sie piekten ihn mit kleinen Stöckchen, kitzelten ihn, und ein Junge streckte ihm etwas hin, das aussah wie ein eingewickelter Bonbon. Es war aber ein Kieselstein, und den warf der Affe, als er ihn ausgewickelt hatte, wütend nach dem Jungen. Da wurde der Junge auch wütend und kniff das Äffchen in den Schwanz. Das Äffchen kreischte los und biß dem Jungen ins Ohr.

Die Leute lachten, und alle fanden, daß der freche Junge das verdient hatte. Das Äffchen aber wurde zur Strafe auf den Zirkuswagen gebracht, und das war nicht gerecht, denn es hatte sich ja nur gewehrt. Dort saß es ganz traurig und klatschte überhaupt nicht mehr.

Der Zirkus war noch nicht zu Ende, jetzt trat der Esel auf. Er schüttelte seinen Kopf, hob abwechselnd den rechten Fuß und den linken Fuß und stand dann eine ganze Weile auf den Hinterbeinen, während er sich um sich selbst drehte. Das sah ganz einfach aus, aber ich glaube, daß der Esel lange hatte üben müssen, bis er das so gut konnte. Nun setzte sich der Zirkusdirektor auf den Rücken des kleinen Esels, ritt gemächlich eine Runde, damit jeder sah, wie friedlich der doch war. Dann forderte er die Zuschauer auf, auch mal auf dem Esel zu reiten. »Wer es schafft«, rief er, »wenigstens eine Runde lang auf seinem Rücken zu bleiben, kriegt das Eintrittsgeld zurück und eine Mark extra als Belohnung!«

Sofort meldeten sich ein paar junge, kräftige Burschen, die meinten, sich ein leichtes Geld verdienen zu können. Aber daraus wurde nichts, denn kaum saß einer auf dem Esel, da wurde der richtig wild, keilte hinten aus, ging vorn hoch, warf wie verrückt den Kopf zurück und gab nicht eher Ruhe, bis der Reiter vor ihm im Gras lag.

Ich merkte, wie Peter neben mir immer unruhiger wurde,

und ich ahnte, was in seinem Kopf vor sich ging. Eine Mark war viel Geld und dazu noch die zwanzig Pfennig Eintrittsgeld, die man zurückkriegen würde, wenn . . .

Als niemand mehr sein Glück mit dem störrischen Esel versuchen wollte, meldete sich Peter.

»Laß das, du brichst dir Arme und Beine«, flüsterte ich.

Aber Peter hörte nicht auf mich. Schon stand er in der Arena, und der Zirkusdirektor lobte ihn. »Du bist ein mutiger Junge!« rief er laut, damit alle es hören konnten. »Versuch es nur!«

Kaum saß Peter auf dem Esel, lag er auch schon im Gras. Links stieg er auf, und rechts fiel er runter. Er versuchte es von der anderen Seite, auch da landete er im Gras. Ärgerlich griff Peter nach den Zügeln und versuchte es noch einmal. Diesmal schaffte er es wirklich, ein paar Schritte vorwärts zu kommen. Dann ging es wieder in hohem Bogen abwärts.

Ich merkte, daß Peter immer wütender wurde, er wollte einfach nicht aufgeben. Aber der Esel war stärker. Nach dem letzten Versuch blieb Peter im Gras liegen und weinte.

Als sein Vater das sah, packte ihn der Zorn. Er schob die Leute, die vor ihm standen, zur Seite, stieg über das Seil, griff sich den Esel und trug ihn, wie er sonst Kornsäcke zum Speicher trägt, durch die Arena. Der Esel zappelte und schrie, aber der Riese Jonischkies hielt mit Händen und Armen die Vorder- und Hinterbeine eisern umklammert. Dann ließ er ihn runter ins Gras und brüllte ihm ins Ohr: »Ich werde dir helfen, meinen Sohn abzuwerfen!«

Der Zirkusdirektor hatte entsetzt zugesehen. »Um Himmels willen!« schrie er. »Laß meinen Esel leben, du brichst ihm ja alle Knochen! Und er ist doch mein bestes Zirkustier! Ohne Esel kein Zirkus!« Er zeterte und schrie, und der Esel schrie auch. Vor Angst ließ er ein paar Eselsäpfel ins Gras fallen. Da endlich ließ Herr Jonischkies ihn los. Der Esel rappelte sich mühsam auf, stand wie betäubt und schüttelte seine langen Ohren. Da packte Peters Vater seinen Sohn und setzte ihn auf den Esel. Und das Wunder geschah, über das die Leute in Poggenwalde noch jahrelang gesprochen haben: Der Esel hielt ganz still und ging friedlich mit Peter auf dem Rücken seine Runde. Herr Jonischkies lief nebenher und paßte auf. Sobald der Esel wieder bocken wollte, bückte er sich und flüsterte ihm etwas ins Ohr. Dann lief der Esel wieder brav weiter. Die Zuschauer waren begeistert, klatschten und jubelten so lange wie bei keiner anderen Darbietung. Sogar das Äffchen klatschte wieder. Peter war mächtig stolz auf seinen Vater, und als der Zirkusdirektor ihm die Belohnung, eine Mark und zwanzig Pfennig, ausgezahlt hatte, zeigte er mir das Geld und sagte: »So viel hab ich in meinem ganzen Leben noch nicht gehabt, und es gehört mir ganz allein!«

## Der Kartoffelfeuertag

Nichts fürchteten die Menschen in Poggenwalde so sehr wie Feuer. Es gab dort viele Holzhäuser, aber auch gemauerte mit einem Strohdach, die leicht Feuer fangen konnten. In jedem Jahr gab es in Poggenwalde oder in einem Nachbardorf mindestens eine große Feuersbrunst. Entweder schlug der Blitz ein oder Heu entzündete sich in der Scheune von selbst, weil es zu feucht eingefahren worden war. Manchmal waren auch Kinder die Schuldigen, weil sie mit Feuer gespielt hatten.

Wenn es irgendwo brannte, kamen alle, um zu helfen. Nicht nur beim Löschen. Die Kühe, Pferde und Schweine mußten aus dem Stall getrieben werden, damit sie nicht in den Flammen umkamen oder im Rauch erstickten. Im Nachbardorf, erzählte Lisa, waren vor fünf Jahren zwanzig Schweine in einem Stall verbrannt, weil man sie nicht schnell genug hatte retten können. Das war so furchtbar gewesen, daß niemand es vergessen konnte, und Lisa schüttelte sich immer, wenn sie es erzählte.

Für Kinder, die mit Streichhölzern oder beim Spielen mit Feuer erwischt wurden, gab es strenge Strafen. Peter bekam einmal drei Tage Stubenarrest, weil er auf dem Feldweg trockenes Gras mit einem Brennglas angesteckt hatte. Er war dabei von seinem Vater überrascht worden. Die Erwachsenen versteckten alles, womit man Feuer machen konnte. Meine Mutter wurde immer sehr böse, wenn sie entdeckte, daß Lisa versehentlich die Streichholzschachtel neben dem Herd liegengelassen hatte. Streichhölzer gehörten in den abgeschlossenen Schrank.

Aber einmal im Jahr war das Feuer nichts Schreckliches. Das war im Herbst zur Zeit der Kartoffelernte. Wenn Alex mit der letzten Kartoffelfuhre auf den Hof kam, rief er: »Kommt mit raus! Gleich brennen wir das Kartoffelfeld ab.« Dann stürzten wir zu ihm hin, ganz gleich, wo wir waren, damit er bloß nicht ohne uns zurückfuhr. Das große Kartoffelfeld lag hinter dem Tatarensumpf, die Kartoffeln waren schon aufgesammelt und in Säcken abgefahren worden. Nur vertrocknetes Kartoffelkraut lag noch herum.

Alex drückte jedem von uns eine Forke in die Hand und sagte: »Ihr müßt das Zeug erst zu kleinen Haufen zusammentragen, dann zünden wir es an.«

Wir beeilten uns, denn wir konnten es kaum abwarten, bis Alex sein Feuerzeug aus der Hosentasche holte und den ersten Haufen anzündete. Dann durfte ich weitermachen, dann abwechselnd Peter und ich, bis alle Haufen brannten. Alex ging hinter uns her und sorgte dafür, daß der Wind das brennende Kraut nicht auseinanderwehte. Zwanzig Feuer brannten auf dem Kartoffelfeld, und dicke weiße Rauchschwaden zogen zum Tatarensumpf; auch auf anderen Feldern in Poggenwalde brannte es. Der Rauch um uns herum wurde so dicht, daß wir nicht einmal den Waldrand sehen konnten, auch den Tatarenhof nicht, und Peter sagte: »Das ist ja schlimmer als Nebel.«

Wenn ein Feuer ausgehen wollte, holten wir neues Kartoffelkraut. Wir machten uns einen Spaß daraus, über die brennenden Haufen zu springen. Aber dazu brauchte man Mut, weil die Flammen manchmal ziemlich hoch schlugen.

»Und wann gibt's Bratkartoffeln?« rief Alex. Er holte ein paar Stöcke aus dem Gebüsch, schnitt sie zurecht und zeigte uns, wie man darauf Kartoffeln aufspießen und in der Glut braten konnte.

Die dicke Kartoffel war nach einer Viertelstunde gar. Außen sah sie schwarz aus wie ein Stück Kohle, aber das Kartoffelfleisch unter der verbrannten Schale war gelb und mehlig. Wir saßen am Feuer und aßen und wurden so satt, daß wir kein Abendbrot mehr essen konnten. Nur Durst hatten wir von den vielen Kartoffeln bekommen.

Am Ende des Kartoffelfeuertages sahen wir aus wie Schornsteinfeger, wir hatten schwarze Hände und Rußflekken im Gesicht. Unsere Kleider rochen nach Rauch, und Lisa jammerte, weil ich so viel Seife verbrauchte, um wieder sauber zu werden.

Bevor meine Mutter mich ins Bett brachte, schauten wir noch einmal aus dem Fenster. Unsere Kartoffelfeuer brannten immer noch. Wir sahen die Flämmchen in der Dunkelheit zucken. Wenn ein Windstoß kam, flackerten sie auf, und manchmal stieg ein Funkenregen in den Himmel.

»Jetzt ist der Sommer endgültig zu Ende«, sagte meine Mutter. »Bald kommt der nasse, kühle Herbst. Es dauert gar nicht mehr lange, dann fällt der erste Schnee.«

Und richtig, am nächsten Morgen regnete es. Der Regen hatte die Kartoffelfeuer gelöscht, der Rauch hatte sich verzogen. Draußen war es herbstlich kühl.

Meine Mutter brachte Wollstrümpfe und Schuhe an mein Bett. Daran merkte ich es: Der Sommer war wirklich vorbei, und das Barfußlaufen hörte nun auch auf. Aber traurig war ich nicht, ein bißchen freute ich mich sogar auf Schnee und Eis im Winter.

## Jetzt fängt der weiße Winter an

Und dann kam der langersehnte Morgen, an dem meine Mutter rief: »Es hat geschneit!« Mit einem Satz war ich aus dem Bett und rannte zum Fenster. Aber erst mal sah ich gar nichts. Die Scheiben waren bis obenhin zugefroren. Ich hauchte dagegen, bis ein Guckloch entstand. Und da sah ich es: Die gelben Äpfel, die noch an den Bäumen hingen, hatten alle kleine Schneehauben.

»Ein Glück, daß der Schnee gekommen ist«, sagte meine Mutter. »Nun kann die Erde ausruhen. Um so besser wächst im nächsten Jahr das Brot.«

In der Stube war es angenehm warm. Lisa hatte noch vorm Kühemelken den Kachelofen angeheizt. Alex brachte eine Handvoll Schnee herein und legte ihn mir auf den Frühstücksteller. »Probier mal«, sagte er, »süße Zuckerwatte, sie ist heute nacht vom Himmel gefallen.«

Lisa erzählte dieselben Geschichten wie jedes Jahr, wenn der Winter anfing.

»Geh bloß nicht aufs Eis. Es ist zu dünn, es trägt noch nicht. Und iß nicht zuviel Schnee. Wer Schnee ißt, kriegt

Läuse und Bandwürmer in den Bauch. Und paß auf, daß deine Zunge nicht an Eisen klebenbleibt. Denk an den kleinen Jungen, der bei Frost am Türdrücker geleckt hat. Die Zunge ist klebengeblieben. Der Doktor mußte kommen und sie abschneiden. Seitdem kann der Junge nicht mehr sprechen.«

Wie immer, wenn Lisa solche Geschichten erzählte, lief mir ein Schauer über den Rücken.

Der erste Schnee war genauso aufregend für uns wie Nikolaus im Dezember, der Storchentag im Frühling oder der Kartoffelfeuertag im Herbst.

Selten gingen Peter und ich so gern zur Schule wie an diesem Morgen. Es war ein klarer Sonnentag. Kerzengerade stieg der Rauch aus den Schornsteinen in den Himmel. Der Schnee war unberührt. Kein Mensch war vor uns hier gegangen. Wir sahen nur die Spur eines Hasen, und eine Krähe hüpfte vor uns her. Sie hinterließ ganz zierliche Abdrücke ihrer Krähenfüße im frischen Schnee.

In Poggenwalde waren alle Kinder schon auf den Beinen. Als wir auf den Schulhof kamen, war der Schneemann fast fertig, ein riesengroßer Kerl, und wer wollte, konnte glauben, daß er Ähnlichkeit mit Lehrer Dusek hatte. Bevor wir in die Klasse gingen, mußten wir schnell noch am Teich nachsehen, ob das Eis vielleicht doch schon trug. Natürlich war es noch viel zu dünn. Peter hackte mit dem Stiefelabsatz ein Stück heraus, hob es hoch und hielt es gegen die Sonne. Das Eisstück schillerte in allen Farben und war durchsichtig wie eine Fensterscheibe.

Lehrer Dusek läutete die Schulglocke. Aber wir konnten doch unmöglich mit dem Unterricht anfangen, bevor wir nicht Schneeadler gemacht hatten. Wir warfen uns alle flach auf den Rücken, breiteten die Arme aus und klopften einen Halbkreis im Schnee bis runter zu den Hüften. Als wir aufstanden, sah es so aus, als ob dort ein Vogel mit

gewaltigen Flügeln gelegen hätte. Siebenundzwanzig Schneeadler hatten wir geschafft, dann kam uns Lehrer Dusek holen. Er war ärgerlich, weil wir nicht sofort gekommen waren. »Der Winter ist doch noch lang genug!« sagte er streng.

Damit hatte er natürlich recht. In den nächsten Tagen wurde es immer kälter. An unserem Stalldach wuchsen die Eiszapfen, und Jonischkies' Pumpe fror ein. Morgens glitzerten die Weiden in den ersten Sonnenstrahlen, als ob ihnen über Nacht silberne Blätter gewachsen wären. Und mehr Schnee gab es auch noch.

Längst trug das Eis auf dem Poggenwalder Dorfteich. Jeden Nachmittag zogen Peter und ich mit unseren Schlitten los, um mit den anderen Kindern auf dem Eis zu spielen. Wir liefen Schlittschuh um die Wette und versteckten uns im Schilf, wir lagen auf dem Bauch und sahen durchs Eis den Fischen zu, die unter uns herumschwammen.

Ja, auch der Winter machte uns richtig Spaß, wenn nur die Tage nicht immer kürzer und dunkler geworden wären.

## Spuk in der Schummerstunde

Solange wir zusammen tobten, fürchteten wir uns nicht vor der Dunkelheit. Wir heulten, wie Wölfe heulen, wir miauten wie Katzen und bellten wie Hunde, daß es schaurig übers Eis klang.

Unheimlich wurde es erst auf dem Heimweg. Die Poggenwalder Kinder hatten es nicht weit, aber Peter und ich mußten ganz allein zum Tatarenhof. Am Weg standen düstere Büsche und beschnittene Kopfweiden, die ganz unheimlich aussahen. Schwarze Zaunpfähle gab es, die schon immer da gestanden hatten, aber in der Winterdämmerung sah es so aus, als hätten sie Gesichter und drohten uns. Die Schornsteine auf den Dächern pusteten tanzende Funken in den Abendhimmel. Schwarze Vögel flogen krächzend über den Weg. Nicht weit von uns landeten sie auf dem Acker.

Ich stieß Peter an. »Die warten auf uns«, flüsterte ich. »Die wollen uns holen.«

Als wir näher kamen, flogen sie auf, setzten sich aber ein Stück entfernt wieder nieder.

»Hast du etwa Angst?« fragte Peter.

»Quatsch«, sagte ich. Mir fiel ein, was Lisa gesagt hatte: »Wer im Dunkeln Angst hat, muß laut singen.« Und das tat ich. »Der Mai ist gekommen«, sang ich, weil mir nichts Besseres einfiel, und Peter pfiff leise mit.

Dann lachten wir beide laut los, denn es war ja nicht Mai, sondern Dezember, und ein bißchen Angst hatten wir doch.

Endlich tauchte der Tatarenhof vor uns auf. Die Pumpe in Jonischkies' Garten sah aus wie ein Mann, der drohend einen Arm nach uns ausstreckte. Die beiden Laternen, die Alex an die Stalltür gehängt hatte, funkelten wie die Augen einer Raubkatze.

»Ich möchte nicht allein weitergehen«, sagte ich, als wir bei Jonischkies ankamen und Peter ins Haus wollte.

»Na gut«, sagte er, »dann bring ich dich bis vor deine Tür.«

Und er brachte mich auch, aber dann ging es ihm genauso wie mir, er mochte nicht allein zurückgehen.

Ich hatte eine Idee. »Weißt du, was wir machen?« sagte ich zu Peter. »Damit jeder von uns einen gleich langen Weg bis zu seiner Haustür hat, stellen wir uns mitten auf den Tatarenhof Rücken an Rücken, und dann zählst du eins, zwei, drei ... und wir rennen los.«

Und Peter zählte, eins, zwei, drei ... Wir rannten.

»Bist du da?!« schrie Peter, als er vor seiner Haustür angekommen war.

»Ja, ich bin da!« rief ich zurück. Ich hörte Jonischkies' Tür klappen, dann zog auch ich unsere Haustür hinter mir zu.

Es gab nichts Schöneres, als an einem kalten Winterabend ins warme Haus zu kommen. Es war die Zeit der Schummerstunde zwischen Dämmerung und dunkler Nacht. Das war die Stunde, wo die Erwachsenen ein bißchen Zeit hatten, sich auszuruhen.

Meine Mutter saß in der Stube am Ofen und wärmte sich die Füße, sie hatte oft kalte Füße. Ihre Hände konnte sie nie still halten, auch jetzt nicht. Sie stopfte Strümpfe. Als ich hereinkam, sah sie mich ganz vorwurfsvoll an. »Du kommst sehr spät«, sagte sie.

»Aber wir haben solchen Spaß gehabt«, antwortete ich, während ich die nassen Schuhe auszog. Ich stellte sie zum Trocknen an den Ofen. Die steifgefrorenen Handschuhe kamen in die Bratröhre, damit sie am nächsten Morgen wieder trocken waren. In der Röhre lag ein Bratapfel. Meine Mutter hatte ihn extra für mich aufbewahrt. Auf dem Tischchen stand eine Schüssel mit Erdbeermarmelade. Bratapfel in Erdbeermarmelade getunkt schmeckt wunderbar! Nachdem ich ihn aufgegessen hatte, holte ich meine Schulhefte und machte Schularbeiten. Die Petroleumlampe auf dem Tisch zwischen meiner Mutter und mir gab gelbes, warmes Licht. Es war wirklich sehr gemütlich bei uns in der Schummerstunde.

Wenn Lisa mit Melken fertig war, kam sie auch in die Stube. Während sie Kartoffeln für das Mittagessen am nächsten Tag schälte, erzählte sie ihre schaurigen Spukgeschichten. Vom Kreuzweg im Wald, an dem nachts immer ein großer zähnefletschender Hund wartet und niemanden vorbeiläßt; von Eulen mit Menschengesichtern, die nachts von Haus zu Haus fliegen und in die Fenster schauen; von Pferden ohne Köpfe, die in der Geisterstunde über die Dorfstraße galoppieren, und vom alten Tataren, der es im Winter vor Kälte nicht im Sumpf aushält und manchmal in die Scheune kommt.

Meine Mutter sagte zwar, Lisa solle mir keine Schauermärchen erzählen, aber ich wollte immer mehr hören. Als ich dann im Bett lag, wurde mir doch ganz schön gruselig zumute. Zum Glück ließ meine Mutter die Tür immer einen Spalt offen, so daß ein bißchen Licht aus der Stube in meine Kammer fiel. Vor dem Einschlafen nahm ich mir vor, nie wieder im Dunkeln nach Hause zu kommen. Aber am nächsten Morgen, als die Sonne hell durchs Fenster schien, waren alle Spukgeschichten wieder vergessen.

## Schlachtfest

Vor Weihnachten wurde bei uns ein Schwein geschlachtet, denn an den Festtagen sollte genug Fleisch und Wurst für alle da sein. Ich mochte das Schlachtfest nicht, ich fand alles, was damit zusammenhing, grausam und eklig, und trotzdem: Ich mußte einfach zugucken.

Frühmorgens kam der Schlachter aus Poggenwalde, ein älterer Mann, der einen Beutel mit Messern, Beilen und Spießen mitbrachte. Erst mal mußte er sich in unserer Küche aufwärmen, denn an diesem Morgen war es besonders kalt.

Meine Mutter briet ihm noch eine Pfanne voll Spiegeleier, ehe er sich an die Arbeit machte. »Davon wird dir ganz bestimmt warm«, sagte sie zu ihm. »Und Kraft kriegst du auch!«

Lisa setzte Kessel und Töpfe mit Wasser auf, denn beim Schlachten wurde immer viel heißes Wasser gebraucht. Draußen vor der Stalltür warteten schon Alex und Herr Jonischkies auf meinen Vater. Sie mußten ihm helfen, das Schwein auf den Hof zu ziehen. Mein Vater hatte natürlich das dickste Schwein ausgesucht, das am meisten Speck und Fleisch hergab.

Ich stand am Fenster und sah, wie die Männer mit Stricken im Stall verschwanden. Dann ging plötzlich die Tür auf, Alex und Herr Jonischkies erschienen, zerrten und zogen das Schwein heraus, das schrecklich quiekte. Das war so furchtbar, daß ich mir die Ohren zuhielt. Als ich jetzt auch den Schlachter sah, wie er mit den Messern in der Hand auf den Hof trat, lief ich schnell in meine Schlafkammer, denn das, was jetzt kam, wollte ich nicht sehen.

Es dauerte eine Weile, bis ich mich wieder ans Fenster wagte. Da lag das Schwein schon tot und rührte sich nicht mehr. Meine Mutter und Lisa standen mit Schüsseln und Eimern daneben, um das Blut aufzufangen, denn daraus wurde Grützwurst und Blutwurst gemacht, die ich gerne aß. Man mußte das Blut ständig mit den Händen rühren, damit es nicht klumpte. Das tat Lisa.

Nun wälzten Alex und Herr Jonischkies das Schwein in einen Holztrog, holten das heiße Wasser aus der Küche und gossen es über das Schwein. Mit einem Borstenkratzer schabte der Schlachter das Schwein ab, bis es blank und sauber aussah.

Dann wurde es auf eine Leiter gelegt und festgebunden. Die Leiter richteten die Männer auf und lehnten sie gegen die Stallwand. Jetzt konnte der Schlachter weiterarbeiten. Er zerteilte das Schwein mit einem Beil, und Lisa holte die vollen Schüsseln Fleisch in die Küche.

Bald türmten sich große Fleischberge auf dem Tisch. Meine Mutter teilte das Fleisch auf. Ein Haufen sollte gekocht, einer geräuchert, ein dritter eingeweckt und einer zu Wurst verarbeitet werden.

»Na, hast du immer noch Angst vorm Schweineschlachten, Maria?« fragte Alex lachend, als er mit meinem Vater von draußen hereinkam.

Mein Vater legte mir die Hand auf die Schulter.

»Ich geb ja zu, es ist keine schöne Arbeit«, sagte er. »Aber irgendeiner muß es doch machen, von allein laufen die Schweine nicht in unsere Speisekammer. Außerdem, ohne Schlachten keine Wurst und keinen Braten!«

Zum Mittagessen gab es schon Wurstsuppe und frisch gebackenes Brot. Lisa hatte die Ringelwürste aus der Brühe gefischt und sie zum Abkühlen auf eine lange Stange gehängt, die in der guten Stube zwischen zwei Stühlen lag.

»Du kannst nachher zu Jonischkies gehen und ihnen Schmeckwurst bringen«, sagte meine Mutter zu mir.

Das war so Brauch in Poggenwalde. Wer ein Schwein geschlachtet hatte, gab seinen Nachbarn und Freunden etwas Wurst zum Probieren ab, und umgekehrt bekam man auch ein Stück, wenn andere schlachteten.

Ich ging also am Nachmittag zu Jonischkies und brachte ihnen drei Ringelwürste und eine große Kanne mit Wurstsuppe.

Da sah ich, daß auch bei Jonischkies Schlachtfest war. Die zehn Weihnachtsgänse waren geschlachtet worden und lagen gerupft auf dem großen Küchentisch. Frau Jonischkies war gerade dabei, sie auszunehmen. Komisch, dachte ich, vor drei Monaten sind sie noch unserem Drachen hinterhergeflogen und wären fast nach Afrika gekommen, und jetzt liegen sie hier so.

Frau Jonischkies freute sich über die Schmeckwurst.

»Wenn unser Gänseschmalz fertig ist, kriegt ihr auch etwas zum Probieren«, sagte sie. »Und wir haben eine Menge Federn von unseren Gänsen bekommen.« Sie zeigte in die Ecke, wo ein Wäschekorb voll mit Gänsefedern stand. »Endlich kann ich unserer Erika ein schönes, warmes Zudeck machen. Es bleibt sogar noch genug übrig für ein neues Sofakissen!«

## Weihnachten zum Fürchten

Ich hatte nicht nur vor der Dunkelheit und dem Schlachtfest Angst, auch vor dem Nikolaus fürchtete ich mich ein bißchen. Lisa sagte: »Wenn man sich auf die Lauer legt, um zu sehen, was der Nikolaus einem in die Stiefel packt, wird man schwarz wie ein Schornsteinfeger. Der Nikolaus straft allzu Neugierige nicht mit der Rute, sondern macht ihnen das Gesicht mit Kohlenruß schwarz.«

Nach dem Nikolaus kam bald der Weihnachtsmann. Vor dem hatte ich noch mehr Respekt als vor Lehrer Duseks Rohrstock. Aber Peter sagte: »Es gibt keinen Weihnachtsmann. Das sind doch nur die Erwachsenen, die verkleiden sich, um Kindern Angst einzujagen.«

Ich war da nicht so sicher. Lisa wußte nämlich genau, wo der Weihnachtsmann wohnte. Er hatte seine Backstube hinter dem Tatarensumpf. Und Lisa kannte sogar die Zutaten für die Pfefferkuchenherzen, die da gebacken wurden: zwanzig Säcke Mehl, fünf Säcke Zucker, ein halber Sack Rosinen und ein Rübenwagen voller Nüsse.

Lange vor Heiligabend tauchte der Weihnachtsmann schon in Poggenwalde auf. Auch zu uns kam er natürlich.

Er konnte ganz unverhofft an die Tür klopfen, um sich bei Mutter zu erkundigen, ob ich immer artig war.

»Der Weihnachtsmann sieht alles«, sagte meine Mutter, wenn ich mal nicht essen wollte oder keine Lust hatte, meine Schularbeiten zu machen.

Manchmal klopfte er nur ans Fenster, und das reichte schon, um mir einen Schreck einzujagen. »Der Weihnachtsmann ist böse mit dir«, sagte Lisa, wenn es draußen rumorte.

Die Poggenwalder Weihnachtsmänner, die auf unseren Hof kamen, sahen sehr verschieden aus. Mal hatten sie ein freundliches Großvatergesicht mit Runzeln und weißem Backenbart, aber es gab auch welche, die mit finsteren Augen und gefletschten Zähnen durchs Fenster guckten. Dann verkroch ich mich unterm Küchentisch und kam erst wieder zum Vorschein, wenn Lisa mir zurief: »Die Luft ist rein, kannst wiederkommen!«

Heiligabend blieben Peter und ich bei Alex im Pferdestall. Wir warteten auf den Weihnachtsmann und sahen zu, wie Alex Adebar und Rumpelstilzchen striegelte. »Die sollen doch auch merken, daß Weihnachten ist«, sagte er.

Er schüttelte ihnen früher als sonst Hafer in die Krippe und warf eine Extraportion Klee in die Raufen. Nebenan im Kuhstall melkte Lisa die Kühe. Auch sie beeilte sich, damit sie rechtzeitig zur Bescherung fertig wurde.

Vor einigen Tagen waren Alex, Peter und ich im Wald gewesen, da hatte Alex zwei Tannenbäume geschlagen, einen großen für uns und einen kleinen für Jonischkies. Peter wollte auch so eine große Tanne wie wir haben, aber Alex erklärte ihm, daß das Zimmer in ihrem Haus zu niedrig sei für so einen großen Baum.

Am Morgen hatte mein Vater unseren Baum vom Hof in die gute Stube getragen. Seitdem war die Tür abgeschlossen, nur Vater und Mutter durften hinein.

Als es dunkel wurde, schickte uns Alex ins Haus.

»Es ist besser, ihr verschwindet«, sagte er. »Wenn euch der Weihnachtsmann am Heiligen Abend draußen erwischt, steckt er euch in den Sack. Und Geschenke gibt's dann auch keine.«

Also rannten wir schnell über den Hof, Peter zu sich nach Hause, ich in unsere Küche. Meine Mutter wartete schon auf mich. »Du mußt noch deine Fingernägel saubermachen«, mahnte sie. »Der Weihnachtsmann sieht bestimmt nach, ob du saubere Hände hast . . . Und kämm dich mal . . . Und vergiß nicht, die Schuhe zu putzen!«

Ich hatte also bis zur Bescherung genug zu tun. Als Lisa vom Melken kam, flüsterte sie geheimnisvoll: »Ich glaube, er ist schon unterwegs.«

Sie zog ihr gutes Kleid an, das einzige, das sie besaß und das sie nur an Festtagen und an ihrem Geburtstag trug. Auch Alex hatte sich umgezogen. Er sah richtig feierlich aus mit seinem weißen Hemd und dem steifen Kragen, den er umgebunden hatte.

Als fern in Poggenwalde die Hunde anschlugen, nahm mein Vater die Streichhölzer aus dem Küchenschrank und ging in die gute Stube.

Ich wußte, nun würde es gleich soweit sein. Wenn Vater die Kerzen am Baum anzündete, war Weihnachten.

Ich durfte als erste ins Weihnachtszimmer. Zwölf Kerzen brannten am Baum. Lisa zählte sofort nach, denn sie war abergläubisch. Es durften auf keinen Fall dreizehn Kerzen sein, das könnte Unglück bringen. Auf dem Tisch stand wie jedes Jahr ein Kuchenblech mit Pfefferkuchen, daneben die bunten Teller. Es roch nach Bratäpfeln, die in der Ofenröhre schmorten. Wie immer, wenn Weihnachten war, öffnete Vater eine Flasche Johannisbeerwein und schenkte Mutter und Lisa ein Glas ein. Für ihn selbst und Alex gab es Rum. Ich schaute ihnen zu, wie sie anstießen.

»Auf gute Gesundheit!« sagte mein Vater ernst.

Als Lisa sich schüttelte, weil sie Wein eigentlich nicht mochte, lachte Alex sie aus. »Trink doch lieber Buttermilch, Lisa!«

Jetzt könnte der Weihnachtsmann aber endlich kommen, dachte ich. Da bellte auch schon Pluto.

Draußen vor der Tür läutete eine Glocke. Mein Vater ging hinaus.

»Komm nur rein, Weihnachtsmann«, hörte ich ihn sagen. »War es sehr kalt in den Wäldern? Hattest du viel zu tragen? . . . Hier geht es in die gute Stube . . . Wir warten schon auf dich.«

Mein Vater redete und redete, und dann kam der größte und gewaltigste Weihnachtsmann, den ich je gesehen hatte, ins Zimmer. Er war so hoch wie unser Tannenbaum, ein Riese, und er hatte ein freundliches Gesicht unter seinem weißen Bart. Seine dicken Augenbrauen waren so schwarz, als hätte er sie mit Kohle nachgezogen, die Nase leuchtete rot, und an der Spitze hing ein kleiner Wassertropfen. Er hatte Schnupfen, der Weihnachtsmann, das sah ich genau. Er trug einen Pelz, dazu Pelzhandschuhe und eine Pelzmütze mit Ohrenschonern. Seine Stiefel mußte er wohl von Peters Vater geliehen haben, so riesig sahen sie aus. Aus dem Sack schaute nicht etwa eine kleine Rute heraus, sondern ein dicker Knüppel, eine Art Forkenstiel, der bei jedem Schritt polternd auf den Fußboden schlug.

Mein Vater schob ihm einen Sessel hin, und er setzte sich. Dann mußte ich mein Weihnachtsgedicht aufsagen, das ich schon vor Wochen auswendig gelernt hatte. »Von drauß vom Walde komm ich her . . .« Der Weihnachtsmann war schlimm erkältet, denn seine Stimme klang ganz heiser, als er flüsterte: »Das hast du gut gemacht, Maria. Aber versprich mir, nicht mehr, ohne zu fragen, zum Tatarensumpf zu laufen, hörst du?«

Ich nickte und war froh, daß er nicht noch mehr zu mir sagte. Dann sangen wir alle »Stille Nacht«. Weil Alex so furchtbar brummte, bekam er einen kleinen Stüber mit dem Forkenstiel, und Lisa mußte dem Weihnachtsmann versprechen, mir nie mehr mit Spuk- und Räubergeschichten Angst einzujagen.

Nun endlich schüttete er seinen Sack aus. Alex bekam Hosenträger und ein neues Feuerzeug, Lisa eine knallrote Handtasche. Für meinen Vater hatte er eine Kiste Zigarren und für Mutter einen blauen Schal und einen Gürtel. Für mich war das meiste im Sack. Dicke Wollstrümpfe, Pelzhandschuhe, ein Spiel Schwarzer Peter, ein kleiner Puppenwagen mit Holzrädern und eine Puppe, die aus Stoffresten zusammengenäht war.

»Sieht sie nicht aus wie unsere Lisa?« rief Alex und hielt die Puppe hoch. Für diese freche Bemerkung bekam er vom Weihnachtsmann noch mal einen kleinen Schubs mit dem Forkenstiel.

Lange hielt sich der Weihnachtsmann nicht auf, denn er mußte noch viele Besuche machen. Darum trank er schnell sein Glas Rum aus, das Vater ihm eingeschenkt hatte, und eine dicke Zigarre nahm er für unterwegs mit. Vater begleitete ihn zur Tür. Pluto bellte und zerrte an seiner Kette.

»Paß auf, Weihnachtsmann, daß du nicht auf der glatten Straße ausrutschst!« rief Vater ihm nach. »Und vergiß nicht, im nächsten Jahr wiederzukommen.«

Wir saßen um den Tannenbaum herum, und Mutter schnitt den Pfefferkuchen an. Alex knackte für mich Nüsse mit den Zähnen. Aber ich konnte gar nicht richtig still sitzen. Ich dachte an Peter. Ob der Weihnachtsmann das kleine Haus überhaupt gefunden hatte? Am liebsten wäre ich gleich hinübergelaufen, um Peter meine Geschenke zu zeigen. Aber ich graulte mich, allein in der Dunkelheit zu Jonischkies zu gehen.

»Ich komm mit dir«, sagte Lisa, und dann packten wir meine Geschenke in den Puppenwagen, zogen uns warm an und gingen los.

Peter saß mit seinen Geschwistern am Küchentisch und spielte Mensch-ärgere-dich-nicht. Es roch nach Braten. Auf dem Herd brutzelte die Weihnachtsgans vor sich hin.

»Ist der Weihnachtsmann schon bei euch gewesen?« fragte ich Peter.

Der schüttelte den Kopf. »Aber mein Geschenk habe ich trotzdem«, sagte er und zeigte stolz auf den neuen Rodelschlitten, der neben der Tür stand. »Den hat mein Vater für mich gezimmert. Es ist der schnellste Schlitten von ganz Poggenwalde.«

Herr Jonischkies saß am Fenster und rauchte eine Zigarre. Die sah genauso aus wie die, die Vater dem Weihnachtsmann geschenkt hatte. Und erkältet war er auch, der Herr Jonischkies. Ein dicker Tropfen hing an seiner Nase.

## Der Schimmel kommt

Im Januar türmte sich der Schnee immer höher auf. Er reichte bis zu den unteren Fenstern, und Lisa sagte, jetzt könnten die Hasen ganz einfach durchs Küchenfenster gucken. Jonischkies' kleines Haus war fast zugeschneit. Nur der qualmende Schornstein verriet, daß unter dem Schneeberg Menschen wohnten. Peter und sein Vater schaufelten einen Weg von ihrem Haus zum Tatarenhof. Zwei Tage lang konnten wir nicht zur Schule gehen, weil die Wege zugeschneit waren.

Es war eine langweilige Zeit. Aber an einem Januarabend

passierte dann doch etwas Aufregendes. Ich war mit Mutter und Lisa in der Küche, als wir es plötzlich lärmen hörten. Ein Haufen johlender, singender Leute kam von Poggenwalde über den verschneiten Acker zum Tatarenhof. Wir hörten jemand Trompete blasen, dazwischen dumpfe Töne, als wenn einer mit Stöcken auf einen leeren Kochtopf schlägt, eine Trillerpfeife war zu hören und das Schnarren einer Rassel.

»Der Schimmel kommt, der Schimmel kommt!« rief Lisa aufgeregt. Ich kriegte solche Angst, daß ich die Haustür abschließen wollte.

»Nein, nein, Maria, das dürfen wir nicht«, sagte meine Mutter. »Du weißt doch, der Schimmelzug ist ein Brauch aus uralter Zeit. Der Lärm soll Gespenster und böse Geister aus den Häusern vertreiben. Wer die Tür abschließt und den Schimmelzug nicht einläßt, den trifft ein Unglück.«

Ich versteckte mich hinter dem Fenstervorhang und guckte nach draußen. Da sah ich, daß es junge Mädchen und Burschen aus Poggenwalde waren, die sich verkleidet hatten. Sie zogen von Haus zu Haus, lärmten und machten allerlei Unsinn. Pluto bellte wie verrückt und tobte an der Kette, als der wilde Haufen dreimal im Gänsemarsch ums Haus rannte. »Huu!« und »Bää!« schrien sie und klopften an die Fensterscheiben, hoben die Gartenpforte aus und hängten sie in unseren Kastanienbaum. Schließlich kam die wilde Meute ins Haus, an der Spitze des Zuges der Schimmel. Ein großer Bursche hatte sich als Schimmel verkleidet und einen aus Stoff genähten weißen Pferdekopf übergestülpt. Ihm folgte eine Hexe mit einer gewaltigen, krummen Nase. Sie ritt auf einem Besenstiel. Ein Storch spazierte hinterher, klappte seinen Holzschnabel auf und zu und schnappte damit nach Lisas langem Zopf. Dann kam eine in Lumpen gehüllte Zigeunerin mit einem Sack, gefolgt vom Tod, der am Ende des Zuges ging. Da hatte sich einer ein weißes Bettlaken umgehängt und eine Holzsense geschultert.

Ich kriegte Angst und lief zu Mutter.

»Es ist doch nur ein Spaß!« flüsterte sie mir zu.

»Warum habt ihr eure Füße nicht abgetreten?« schimpfte Lisa. »Ihr bringt ja den ganzen Schnee ins Haus!«

Sie kam nicht dazu weiterzuschimpfen, denn die krummnasige Hexe stürzte sich auf Lisa, zog sie am Zopf, riß sie von der Ofenbank und tanzte wild mit ihr durch die Stube. Lisa blieb bald die Puste weg, und Alex lachte sie aus. Dafür bekam er mit dem Storchenschnabel einen Hieb auf sein Hinterteil. Die Zigeunerin lief in die Küche, verschwand in unserer Speisekammer und kam mit einem großen Stück Speck wieder heraus. Das steckte sie in den Sack, den sie mitgebracht hatte. Als mein Vater vom Hof ins Haus kam, stellte sich der Schimmel sofort vor ihn hin. Er schüttelte und bewegte so lange seinen weißen Pferdekopf, bis Vater ihm eine Zigarre spendierte. Er wieherte laut ein »Dankeschön« und galoppierte hinaus auf den Hof. Jetzt hatte der Tod seinen Auftritt. Er schritt langsam und bedächtig durch unsere Küche, dann durch die Stube und ging von einer Ecke in die andere. Plötzlich war es stockdunkel. Der Tod hatte die Petroleumlampe ausgepustet. Nur ein Streifen Mondlicht fiel durchs Fenster auf das weiße Bettlaken, das er umgeschlungen hatte. Lisa sagte später, ihr sei fast das Herz stehengeblieben, so schaurig habe er in der dunklen Stube ausgesehen.

Einer nach dem anderen verschwand nun nach draußen. Da trafen sie Peter, der herübergekommen war, um den Spektakel anzusehen. Als die Schimmelleute Peter entdeckten, umringten sie ihn, packten ihn und warfen ihn in die Luft. Dann fingen sie ihn wieder auf und legten ihn ziemlich unsanft in den Schnee. Dort machten sich Hexe und Storch über ihn her, seiften ihn kräftig mit Schnee ein.

»Nun ist es aber genug!« donnerte Herr Jonischkies über den Hof.

Da ließen sie Peter los und rannten heulend und johlend weiter ins nächste Dorf.

## Das Eisloch

Wenn die Poggenwalder Bauern mit ihren Pferdeschlitten zum Holzholen in den Wald fuhren, kamen sie am Tatarenhof vorbei. Morgens trafen wir die Gespanne auf dem Schulweg. Schon von weitem hörten wir die Glocken am Pferdegeschirr bimmeln. Die Pferde dampften in der kalten Luft, und vor ihren Nüstern stand der weiße Atem. Mittags kamen die vollbeladenen Holzschlitten aus dem Wald zurück, gerade rechtzeitig, wenn wir ins Dorf wollten. Dann hängten wir unsere Rodelschlitten hinter die großen Pferdeschlitten und ließen uns mitziehen.

Am Poggenwalder Dorfteich gab es wie jedes Jahr um diese Zeit etwas Besonderes zu sehen. Vier kräftige Männer waren dabei, aus dem zugefrorenen Teich dicke Eisblöcke herauszusägen. Die schleppten sie ans Ufer und luden sie auf einen Pferdewagen.

Früher gab es noch keine Kühlschränke in den Häusern, und deshalb holte man sich im Winter Eisblöcke in die Keller, um die Eßvorräte kühl aufzubewahren. Das Eis hielt sich bis in den Sommer hinein, ohne zu schmelzen.

Wir saßen auf unseren Rodelschlitten und sahen den Eismännern bei der Arbeit zu. »Paßt nur auf, daß ihr nicht in ein Eisloch fallt!« rief uns einer zu. »Es ist gefährlich, auf dem Teich zu spielen, wenn Eis geschlagen wird.«

Der Mann hatte recht, denn wo die Eisblöcke herausgesägt waren, blieb ein Wasserloch zurück, zwar nur für kurze Zeit, weil es bei dem starken Frost bald zufror, aber die neue Eisschicht war nur dünn. Das machte die Eislöcher so tückisch, besonders, wenn auf das dünne Eis frischer Schnee gefallen war. Dann waren sie kaum noch zu sehen. Damit es kein Unglück gab, steckten die Männer ein rotes Fähnchen in jedes Eisloch.

Solange es hell war, konnten wir die Fähnchen gut erkennen. Aber als es dämmerte und die Farben ringsum blasser wurden, passierte es doch. Zwei kleine Jungen fuhren mit ihren Schlitten um die Wette und sahen das Eisloch zu spät.

Der eine Schlitten war besonders schnell, er wurde immer schneller, der Junge konnte nicht mehr bremsen. Das dünne Eis knisterte, dann brach es krachend, es platschte, Schlitten und Junge verschwanden im Wasser.

Zwei Kinder rannten ins Dorf, um Hilfe zu holen, wir anderen liefen zum Eisloch. Der Junge war wieder aufgetaucht. Er schrie furchtbar. Seine Hände mit den roten Handschuhen klammerten sich am Eisrand fest, neben ihm schwamm der Schlitten. Peter versuchte, sich an den Jungen heranzurobben, aber zu nah durfte er sich nicht wagen, sonst wäre er selbst eingebrochen. Sosehr er seine Hand auch ausstreckte, er konnte den Jungen nicht erreichen.

»Bringt schnell eure Schlitten!« schrie Peter.

Wir stellten die Schlitten in einer langen Reihe auf und banden sie aneinander fest. Dann schob Peter die Schlittenkette auf den Jungen zu, näher, immer näher. »Halt dich daran fest!« rief er ihm zu.

Endlich reichte es. Der Junge bekam einen Schlitten zu fassen. Er klammerte sich daran fest, und wir zogen. Alle Kinder packten mit an. Und so zogen wir ihn langsam aufs Eis, wie einen riesengroßen Fisch.

Als die Erwachsenen kamen, war der Junge schon auf dem Trockenen. Er selbst war natürlich überhaupt nicht trocken! Triefendnaß von der Nasenspitze bis zu den Schuhsohlen stand er da, zitterte und bibberte vor Kälte und weinte nach seiner Mutter.

Die kam auch bald angelaufen, nahm ihn in die Arme und rannte schnell mit ihm nach Hause.

Wir machten uns jetzt auch auf den Heimweg, denn wir hatten natürlich auch einen ordentlichen Schreck bekommen. Und auf dem Eis spielen mochte nun keiner mehr.

## Die Esel auf dem Eis

Im Winter hatten Adebar und Rumpelstilzchen ein faules Leben, weil es auf den Feldern keine Arbeit für sie gab. Tag für Tag standen sie im warmen Stall und schienen nur auf Alex mit dem Futtereimer zu warten.

»Die beiden werden langsam übermütig«, sagte Alex beim Mittagessen. »Früher haben sie sich gut vertragen, aber jetzt fangen sie plötzlich an, sich zu beißen und mit den Hufen zu schlagen.«

»Pferde müssen auch im Winter bewegt werden, sonst werden sie krank«, meinte mein Vater.

»O ja«, rief ich. »Laß uns doch mal eine Schlittenpartie machen!«

»Das ist eine gute Idee«, sagte mein Vater. »Im Wagenschuppen steht noch der alte Pferdeschlitten. Er ist schon lange nicht mehr benutzt worden.«

Nach dem Mittagessen lief ich schnell zu Jonischkies und holte Peter. Dann gingen wir zusammen in den Wagenschuppen und suchten nach dem Schlitten. Er stand in einer Ecke und sah ziemlich schmutzig aus. Alex, Peter und ich zogen ihn nach draußen.

»Es ist ein gutes Stück«, sagte Alex, nachdem er ihn sich genau angesehen hatte. »Man muß ihn nur putzen.« Wir drei machten uns an die Arbeit. Ich rubbelte die Sitze blank, Peter wischte das Holz von außen ab und machte die Deichsel sauber, und Alex kratzte den Rost von den Kufen. So ein Schlitten war wie eine Kutsche, nur daß er nicht auf Rädern rollte, sondern auf Eisenkufen über den Schnee glitt. Als er blitzblank war, holte Alex die Pferde. Er legte ihnen das Feiertagsgeschirr an und hängte jedem Pferd eine Glocke um den Hals.

»Willst du nicht mitkommen? Für dich ist auch noch Platz!« rief er Lisa zu, die am Fenster stand und uns zusah.

Lisa schüttelte den Kopf. »Um Himmels willen«, sagte sie. »Ich weiß doch, wie solche Schlittenpartien enden! Ihr bleibt im Schnee stecken oder fallt alle in einen Graben!«

Es war ein sonniger Sonntagmorgen und so kalt, daß die Sperlinge sich nicht aus ihren Nestern trauten. An der Pumpe in Jonischkies' Garten hingen dicke Eiszapfen.

Alex kletterte vorn auf den Schlitten, Peter und ich standen hinter ihm. Mit Glockengeläut und Peitschenknall sausten wir los, durch den Schnee, der im Sonnenschein glitzerte. Der Schnee war so pulverig wie Kuchenmehl und flog uns, von den Pferdehufen aufgewirbelt, um die Ohren.

So schnell waren wir noch nie nach Poggenwalde gekommen. Auf der Dorfstraße wurden die Pferde langsamer. Kinder rannten uns nach. Sie hängten ihre kleinen Schlitten an unseren großen, und bald waren es fünf, sechs, schließlich sieben Schlitten, die Adebar und Rumpelstilzchen mitzogen. Plötzlich ließ Alex die Pferde wieder laufen. Im Zickzack preschten sie die Dorfstraße entlang und wieder zurück. Die Schlitten hinter uns schleuderten von einem

Straßenrand zum anderen, Kinder fielen in den Schnee, rappelten sich wieder auf und rannten hinterher, um uns einzuholen. Alle lachten und schrien durcheinander. Die wilde Jagd ging zu Ende, als Alex die Pferde anhielt, damit sie sich ausruhen konnten. Das war dicht beim Poggenwalder Teich.

Ich hatte aber immer noch nicht genug. »Laß uns doch mal übers Eis fahren«, sagte ich zu Alex. Der wollte erst nicht, obwohl das Eis dick genug war, Pferde und Pferdeschlitten zu tragen.

»Kennt ihr denn nicht das Sprichwort: ›Wenn es dem Esel zu wohl wird, geht er aufs Eis‹?« fragte er.

»Adebar und Rumpelstilzchen sind aber doch keine Esel«, sagte Peter lachend.

Nein, eigentlich wollte Alex nicht, aber wir bettelten und bettelten, bis er schließlich sagte: »Also gut, wenn wir ganz vorn bleiben, in der Mitte ist es mir zu unsicher.«

Vorsichtig lenkte er nun die Pferde aufs Eis, aber nach wenigen Schritten blieben sie schon stehen.

»Hoho, was ist denn mit euch los?« rief Alex, knallte mit der Peitsche, schlug mit der Leine – die Pferde rührten sich nicht vom Fleck. Sie standen da, als wären sie festgefroren. Alex stieg vom Schlitten und ging zu ihnen. Er redete ihnen gut zu, klopfte ihren Hals, nahm die Zügel und wollte sie vorwärts ziehen. Aber sie machten keinen Schritt, rissen nur wild die Köpfe hoch und schnaubten.

»Ihr seid wohl doch nur dumme Esel!« schimpfte Alex.

»Ich glaube, ich weiß, was los ist!« rief Peter. »Sie haben Angst!«

Wir standen an einer Stelle, wo der Wind den Schnee weggefegt hatte und das blanke Eis zum Vorschein gekommen war. Adebar und Rumpelstilzchen konnten sehen, wie sich ihre Köpfe in dem Eis spiegelten, und das machte ihnen wohl Angst.

»Wir müssen was drüberlegen«, schlug ich vor.

»Du hast gut reden«, antwortete Alex. »Was willst du denn drüberlegen? Decken haben wir nicht mit, und was anderes zum Zudecken gibt es hier auch nicht.«

»Ist doch ganz einfach!« rief ich. »Wir nehmen Schnee!«

»Du bist aber wirklich schlau!« sagte Alex.

Wir rollten also dicke Schneeballen zusammen und warfen sie aufs Eis, und es dauerte nicht mal eine Viertelstunde, da war kein blankes Eis mehr zu sehen. Jetzt hatten die Pferde auch keine Angst mehr. Der Schlitten ruckte an, wir jubelten, und Alex wischte sich erleichtert den Schweiß von der Stirn. »Aber Esel sind die beiden doch!« knurrte er und knallte mit der Peitsche.

## Im Sommer sehen wir uns wieder

Es wurde Frühling. Die Wildgänse flogen über den Tatarenhof wieder nach Osterland, und die ersten Schneeglöckchen guckten aus der Erde. Es war schon Abend, als eines Tages Herr Jonischkies in unserer Küche erschien. Er hatte seinen guten Anzug angezogen, hielt einen Brief in der Hand und machte ein feierliches Gesicht. »Kann ich Sie mal sprechen?« sagte er zu meinem Vater.

Mein Vater und Herr Jonischkies gingen in die gute Stube. Ich guckte durchs Schlüsselloch wie damals, als Herr Jonischkies auf der Suche nach Arbeit zu uns gekommen war.

»Was mein älterer Bruder ist«, hörte ich seine Stimme, »der lebt in der Kreisstadt. Er hat mir geschrieben, daß es

dort gute Arbeit für mich gibt und ich mehr verdienen kann. Eine schöne Wohnung hat er auch schon für uns gefunden. Ich hab die ganze Nacht mit meiner Frau überlegt, und wir sind zu dem Schluß gekommen, daß wir es machen wollen, in die Stadt ziehen zu meinem Bruder und der guten Arbeit.«

Mir fuhr der Schreck in die Glieder, als ich das hörte.

»Schade, ich hätte dich gern behalten«, sagte mein Vater. Seine Stimme klang enttäuscht. »Du warst ein guter Arbeiter.«

Sie besprachen noch dies und das, aber ich hörte nicht mehr zu. Ich rannte aus dem Haus, um Peter zu suchen.

Auf dem Hof stieß ich mit Lisa zusammen. Die hielt mich fest. »Was ist denn mit dir los?« fragte sie. »Heulst du etwa? Hast du dir die Nase gestoßen?«

Da erzählte ich ihr, daß Jonischkies in die Stadt ziehen wollten.

»Die einen ziehen, die anderen kommen«, versuchte Lisa

mich zu trösten. »Da kommen neue Leute, und die haben bestimmt auch Kinder, mit denen du spielen kannst.«

Ich wollte unbedingt mit Peter sprechen, aber ich traute mich nicht in das kleine Haus, weil ich immer noch weinte. Deshalb rannte ich vorbei, immer weiter und weiter, bis zum Tatarensumpf.

Ich weiß nicht, wie lange ich da gesessen und geweint habe. Plötzlich hörte ich Peters Stimme, und ich sah ihn über das Feld rennen.

»Maria!« schrie er im Laufen. »Wo steckst du denn, Maria?!«

»Hier«, piepste ich.

Peter war ganz außer Atem, als er bei mir ankam. »Der ganze Tatarenhof ist in Aufregung«, erzählte er, »Lisa steht in der Küche und heult. Sie denkt, du bist im Tatarensumpf ertrunken.«

Er setzte sich neben mich und lachte und schien gar nicht zu merken, wie mir zumute war.

»Hast du schon gehört«, fing er an, »wir ziehen bald in die Stadt.« Und dann erzählte er von der Eisenbahn, den vielen Autos, von Häusern, die so hoch seien wie ein Kirchturm. In der Stadt gäbe es auch elektrisches Licht, das sei viel heller als die alte Petroleumfunzel. »Aber das Wichtigste«, sagte Peter mit leuchtenden Augen, »mein Vater verdient in der Stadt mehr Geld. Vielleicht kriege ich ein Fahrrad, und jeden Sonntag können wir Kuchen essen. Und einmal in der Woche bringt uns mein Vater einen Stundenlutscher mit. Ist das nicht großartig?«

Für ihn war es bestimmt großartig. Aber für mich?

Die letzten Tage mit Peter vergingen viel zu schnell. Am 31. März war es dann soweit. Ich hatte in der Nacht davor kaum geschlafen. Frühmorgens schon kam das Lastauto. Noch nie war ein Auto auf dem Tatarenhof gewesen. Pluto überschlug sich fast vor Aufregung, und

Hühner und Gänse flüchteten vor dem lärmenden schwarzen Kasten.

Das Lastauto hielt vor dem kleinen Haus, und Jonischkies luden ihre Möbel auf.

Bevor sie abfuhren, kamen sie zu uns, um sich zu verabschieden, der Riese Jonischkies voran, gefolgt von Peter, Frau Jonischkies mit der kleinen Erika auf dem Arm, und hinter ihr die anderen Kinder.

Ich wäre am liebsten ganz weit weggelaufen, aber mein Vater hielt mich fest an der Hand.

»Nun wein doch nicht«, sagte er zu mir. »Peter kann uns doch in den Sommerferien besuchen kommen. Was hältst du davon, Peter?«

Peter war sprachlos. Ich hörte sofort auf zu weinen und hüpfte vor Freude um die Familie Jonischkies herum. Peter würde im Sommer wieder hier sein!

Und genauso ist es gekommen. Viele Jahre hat Peter bei uns auf dem Tatarenhof die Sommerferien verbracht. Ich bin mit ihm über die Stoppelfelder gelaufen und mit dem vollen Erntewagen in die Scheune gefahren. Wir haben Kornblumen gepflückt und den Drachen steigen lassen – aber die Kornmuhme haben wir bis heute nicht gesehen.